心晴日和

喜多川泰

ko・ha・ru・bi・yo・ri　　kitagawa yasushi

幻冬舎

心晴日和

カバーイラスト　加藤健介
カバーデザイン　鈴木成一デザイン室

第　一　部

美　　輝

十　四　歳

「はぁ……」

人の心を明るくするはずの快晴の空を見つめても、今の美輝《みき》からは、ため息しか出てこなかった。

「このままどこかにいなくなりたい……」

こうやって青い空にぽっかりと浮かんでいる雲をじっと眺めるなんていつ以来だろう。最近ではちょっと記憶にない。

美輝のいる病院の屋上からは、自分の住んでいる街が一望できる。

自分の家の屋根、通っている学校、よく行くお店……

ここから見える世界の中だけに、二十四時間ずっといるのだと思うと、気持ちが沈んでくる。

世界は広いって言われる。でも十四歳の女の子にとって世界はそんなに広くない。

自分の足で行ける範囲だけが自分の世界のすべて。

そして、もはやその世界の中に自分の居場所はない。

ここから見える世界のどこに行ったとしても、ありのままの美輝を受け入れてくれそうな場所はなかった。

そういう気持ちになってから、美輝はこの街が嫌いになった。

でも、この街から出ることはできない。

「私、この街が嫌い。どこか遠くに引っ越す予定はないの？」

と父親に聞いたことがある。

いつもは味方になってくれる父の稔大《としひろ》もこのときばかりは笑って、

「お父さんにだってできることと、できないことがあるよ」

と相手にしてもらえなかった。もちろん本気で期待していたわけではない。無理なのはわかっていたけど、聞いてみずにはいられなかった。


すべてにおいてツイてない。この街で起こるあらゆる出来事が自分の毎日を苦しめるために存在しているように見えてくる。

美輝は屋上の端まで歩いていき、手すりに両手をのせた。

目に涙が浮かんだ。

それでもこんなことで涙を流すのはしゃくだ。流れ落ちる前に服の袖でぬぐった。

その瞬間、背後でガラスが割れたような、金属が地面に打ち付けられるような、けたたましい音がして、美輝はとっさに振り返った。

人が倒れていた。横には移動用の点滴をつり下げるポールも倒れている。

その老人と美輝以外、屋上に人影はなかった。

最初の一歩は躊躇《ちゅうちょ》した一歩だったが、二歩三歩と足を前に出すにしたがって、自然と駆け足になった。

「大丈夫ですか！」

老人は動かない。

美輝は身体《からだ》を抱えて持ち上げようとしてみたが、老人にしては身体つきが、がっしりとしていて大きく、美輝一人の力では持ち上がりそうにない。

「聞こえますか？……私、誰か呼んできますね！」

そう言ってその老人の手を離し立ち上がろうとした瞬間、美輝は手をぐっとつかまれ思わずしりもちをついた。

美輝の手をつかんだその老人は、相変わらず横になって目を閉じたままだったが、口元は笑っている。

「大丈夫なんですね。……よかった」

「シィー……静かにして」

「えっ……!?」

聞き返してみたが、その老人は目を閉じたまま返事をしなかった。

「起きられないんですか？　やっぱり私、誰かを呼んできましょうか？」

「いや、大丈夫じゃ。ただ、せっかく転んだから、この姿勢でしか感じることができない自然を思う存分感じてから、立ち上がろうと思っての。いやぁ、こうやって屋上で大の字になって青空の下、お天道様を見上げるなんて大人になってから一度もやったことがないからね。気持ちいいぞ。お前さんもやってみるか？」

「……え、遠慮しておきます……」

美輝は老人の手を優しく振りほどくように外して、立ち上がった。

「そうか。それは残念。それじゃあ、私のことを起こしてくれるかの」

「は……はい……」

美輝は、点滴のポールを起こし、その老人の頭上から両肩を持ち上げるように起こした。今度はそれほどの力を必要とせず、老人は上半身を起こした。

「ふう。大丈夫ですか？」

美輝の質問に、老人は間髪入れずこう返してきた。

「お前さんは、大丈夫かい？」

そのときの老人の笑顔は、今まで美輝が出会った誰とも違う優しさを持った笑顔だった。

「私の目には、お前さんの方が一人で危なそうに見えるがの」

★

美輝は思わずハッとした。

確かにさっきの自分を見た人は、思い詰めた中学生が飛び降りようとしているように見えたかもしれない。

美輝は不器用に笑顔を作って、なんだかわからないことを言いながら精一杯自己弁護をした。


「いや、あの……、そういうつもりじゃなくて……あの……、ただぼんやり景色を眺めていただけですから」

「だからといって、毎日楽しくて仕方がないわけではなかろう。どう考えても、こんなに天気のいい日にため息をつくなんて、毎日に疲れてしまって、孤独を感じている若者がとる典型的行動じゃよ」

「…………」

美輝は、先ほど無理して作った笑顔を元に戻すタイミングすら逃して、その表情のまま固まってしまった。目尻と口の左端が不自然にヒクついているのが自分でもわかった。

ちょっとした気まずさを感じた瞬間、その老人が美輝の笑い方を真似て、顔の筋肉をヒクつかせながらこう言った。

「お前さん、こんな顔しておるぞ」

美輝は思わず噴き出してしまった。

「そうじゃよ。そういうときは声を出して笑うんじゃや。人間は、だいたい自分に起こる出来事を深刻にとらえすぎる。声を出して笑ってみると、たいていの悩み事は真剣に考えるほどのことではないとわかる。それに、真剣に悩んでる自分がおかしくって仕方がなくなる。びっくりするほど情けない顔をしているからのぉ、自分で見て笑ってしまうほどじゃ」

美輝はちょっと不思議だった。

ここのところ、面白いことなんてなかったし、みんなが話題にしているお笑いの番組を見てもつまらなくて、声を出して笑ったことなんてなかったのに、目の前の見ず知らずの老人を見て声を出して笑っている。

老人は名前を井之尾《いのお》といった。

真っ白の髪に、顔に刻まれた深いしわ。常に笑ったように見える下がった目尻。美輝からすれば老人には違いないのだが、そういう言葉が似合わないほど、姿勢がしっかりしていて、優しいながらも目には力があった。

井之尾と美輝は屋上の見晴らしがいい場所に一つだけ置かれた、ブルーのプラスチック製のベンチに座った。

「お前さんは、まだ中学生かな？」

美輝は無言でうなずいた。

「こんな時間に学校にも行かずに、こうやって病院の屋上で空を眺めているってことは、よほど重い病にでもかかっているのかい？」

「そんなことはないと思う……自分でもよくわからない」

「入院しているのかな？」

「ううん。今日はいろんな検査を受けているだけなの。お母さんが一回ちゃんと検査した方がいいだろうって言うから……」

「ほう……ひどいのかね」

「わからない。でも、学校に行こうとすると頭が痛くなっておなかの調子が悪くなるのは本当なの」

井之尾は何度も深くうなずいてから、話を続けた。

「なるほど、学校に行こうとすると動けなくなるから、お母さんが心配して検査を受けろということになったんじゃな。それほど学校に行きたくないわけだ」

「仮病じゃないよ。行こうと思うと本当に痛くなるんだもん」

「だから、学校に行きたくないんじゃろ？」

「行きたくないっていうか、行けない状態になってしまうの」

「じゃあ、学校に行きたくってたまらないのにそうなってしまうってことかい？」

「そうじゃないけど……」

美輝は観念した。確かに自分は学校に行きたくない。学校に行きたくないということを認めてしまうと自分が仮病で休んだことになってしまうんじゃないかと思い、素直に認めることはできなかったが、初めて出会った目の前の老人に、そんなことで気をつかっても意味のないことだと悟った。

「人間の心と身体は不思議なつながりを持っていてね。心の中で『学校に行きたくないなぁ』って何度も思っていると、身体がだんだん学校に行かなくてもいいように反応するようになるんじゃよ」

「それ、本当？」

「本当じゃよ。それだけじゃない。運がいいとか悪いとか、自分は幸せだとか、不幸だとか、人生は思うようにいくとか、人生は思うようにいかないなんてこともすべて、心の中で何度も思っていると、だんだんそうなっていくんじゃよ」

「そんなことないよ。私、いつも幸せになりたいって思ってるけど、嫌なことばかり起こるもん」

「そうじゃない。自分は幸せになりたいって思っていても、自分はついてないって同時に思っていたら、自分にとってついてないことばかりが起こるのは当たり前のことじゃ。そうじゃなくて、自分は幸せだなぁって思う人には、幸せな出来事が次から次へと起こるようになってくるんじゃ。『幸せになりたい』じゃなくて『幸せだなぁ』じゃ」

井之尾は不思議な老人だった。

出会って五分と経《た》っていないのに、話している内容は、他の誰にも教えてもらったことがないことだ。

美輝は、どうしてこんなところで、知らない人とこんな話をしているんだろうと考えると、またおかしくなってきた。

初対面の人に話すことではないとは思っていても、なぜだか自然と言葉が出てくる。美輝は不思議な縁で知り合ったこの老人との会話にだんだん警戒心を解いていった。

「いいことなんて、何一つ起こらないのに幸せだなんて思えるはずないよ。そんなこと思える人なんているの」

「おるよ。それもたくさんな。幸せな人生を送っている人はみんなそうさ。お前さんもそうなれる」

「辛《つら》いことばかり起こる毎日を幸せだって感じるなんて、私には……」

「そんなことはない。誰だってなれるんじゃから。そもそも起こっている出来事によって、幸せとか不幸せが決まるわけではないんじゃよ。まったく同じ出来事が起こっても幸せだと感じることもあれば、不幸だと感じることもある。ようは、受け取る側がその出来事をどうとらえるかの問題なんじゃ」

美輝は反論するのをやめた。初めて会ったこの老人に、やはり自分の抱えている悩みをわかってもらうことなどはできるはずがない。自分の抱えている悩みは、こんなところで知らない人に話す内容じゃない。美輝は一歩引こうとした。

「私には、お前さんの悩みがわかってもらえないと思ったんじゃろ」

「えっ！……」

井之尾は声をあげて笑った。

「まあよい。そのうち、私の言ったことを納得する出来事が起こるじゃろう。それより、お前さんに一つ頼みがあるんだが、聞いてはもらえないかな」

「ああ、もちろん。ただ、時間がかかるからお願いできる人がいなくて困っておったんじゃ。お前さんが助けてくれるとありがたいんじゃが……」

「私にできること……？」

「私にできることならいいよ」

「ありがとう。お前さんは優しい子じゃな。それにしても今日はいい天気じゃの。こういう日をなんていうか知っておるか」

「小春日和《こはるびより》でしょ」

井之尾は微笑《ほほえ》みながら首を縦に振っている。

「そう、今日はそうなるじゃろう」

★

丸一日かかった美輝の精密検査も終わり、またいつもの生活が始まった。検査の結果は出ていなかったが、きっと異常なしと言われるだろう。井之尾の言う通り、美輝の体調の変化は精神的なものが原因だということは自分でもわかっていた。

翌日も、やはり学校に行こうと思うと頭とおなかが痛くなり胸が苦しくなった。

結局、美輝は学校を休んだが、お昼前まで横になっていると頭痛も腹痛も治まる。いつも通りだ。

その日、美輝は井之尾から渡されたポラロイドカメラを持って散歩に出かけた。

美輝の散歩に関しては美輝の母親の佳代子《かよこ》も寛大だった。

学校に行かずに一日中家にいると気持ちが滅入るばかりだろう。できるかぎり外に行ってほしいと思っていた。

この日は、珍しく自分から出かけてくると言って出て行ったのが、佳代子にとっては嬉《うれ》しい出来事だった。

「お前さんは、検査の結果、入院することなく家に帰ることができるじゃろう。ところが私のように死と隣り合わせの老人は、なかなかこの病院から出ることができない」

「そんなことないよ……」

「まあ、最後まで聞きなさい。私はこの冬を越せないいんじゃないかと覚悟をしておったんじゃが、今日の陽気に誘われて屋上に出てみると、風が春の匂《にお》いを運んでくれている。こんな幸せなことはない。でも、お前さんのように自分の好きなところに自由に飛んでいくことができる若いもんを見ていると、もう一度自分の目で春を感じたいと思ってしまってな。

お前さんにお願いしたいのは、写真じゃ」

「写真？」

「そう、写真。春を感じるものを見つけて写真に撮ってきてほしいんじゃよ。その写真が私の生きる力にどれだけ大きなエネルギーをもたらすか計り知れない。私だけじゃない。私と同じようにこの病院で死を待つだけの年寄りにとって、大きな勇気の源になる。とはいえ、そんなこと頼める相手もそういるもんじゃない。お前さんが引き受けてくれると本当にありがたいんじゃが。老い先短い老人の頼みだと思って引き受けてはもらえまいか」

井之尾は美輝を自分の病室に案内してこう言うと、一台のポラロイドカメラを預けた。

人は毎日、昨日とほぼ同じことをグルグル考えて迷いながら生きているらしい。ここ数ヶ月、美輝の頭の中でああでもない、こうでもないと考えられていたことは、同じことばかりであり、結論も何も出ないまま、相変わらず同じことを繰り返し考えては前に進まない毎日を送っていた。

でも、この日は違った。いつも考えることとは別に、昨日出会ったばかりの、人なつっこい井之尾という老人について考えていた。

安請け合いをしてしまったことに後悔しながら、美輝はとりあえず家を出た。約束を破って、カメラだけ病院の受付の人に返しに行こうかと何度も考えた。

「どうしようかな……」

まだ中学生の美輝にとって、人の死と向き合い、その人のために何かをすることはあまりにも重すぎる課題のように感じたが、成り行き上「やっぱりできません」とは言えなくなってしまった。

あまり気が進まないまま、カメラ片手に歩き始めた。

どこに行くというあてのない散歩なのに、不思議なことに足が勝手に進んでいった。

ふと気づくと、そこは美輝が小学校に通うときに使っていた通学路だった。

★

次の日、美輝は井之尾の病室を訪ねた。

六つのベッドが並ぶ大部屋の、入り口に一番近いベッドに井之尾は横たわり、老眼鏡を鼻先までずらして本を読んでいた。

「あのう……那須《なす》ですが……」

恐る恐る声をかけた美輝を、井之尾は二日前と同じ包み込むような笑顔で迎えてくれた。

「おや、まあ、もう撮ってきてくれたのかい？　出会ったばかりの老人から変なお願いをされたもんだから、カメラだけ返して、もう来なくなるかもしれんなぁと思っておったが。やっぱりお前さんは優しい子じゃの。思った通り責任感も強い。今時珍しい素敵な子じゃ」

美輝は、実はそうしようと思っていましたとも言えず、ただ苦笑いをしてやり過ごした。

「一応、撮るには撮ってきたけど、井之尾さんに気に入ってもらえるかどうか……」

「お前さんが一生懸命撮ってきてくれたものを、気に入らないわけがないじゃろ。どれ見せてもらえるかな」

井之尾は、あまり理由もなく病院にカメラを持ってきていたのだが、そうしてよかったといったことをなんだか嬉しそうに教えてくれながら、一枚一枚の写真を見ていった。


美輝が撮ってきた写真には道ばたに咲いている花や、車のボンネットの上で昼寝をする猫、河原で野球をする半袖姿の少年たちなどが写っていた。

井之尾は一枚一枚に対して、感嘆の声をあげ、花の名前や、いついつどこそこで見たその花が忘れられないというようなことを独り言のように呟《つぶや》きながら目を潤ませていった。老人が笑顔を絶やすことがなかったので、深く刻まれたしわに涙がしみ込んでいるということに気づくのに時間がかかった。

自分が撮ってきた写真を見て、涙を流しながら喜んでくれる老人がそこにいた。美輝はなぜだか胸がいっぱいになり自分も涙が出てきた。

井之尾は一通り写真を見終わると、目を閉じ背筋を伸ばし鼻から大きく息を吸った。そして、しばらく目を閉じたまま天を仰ぐように上を見ていたかと思うと、ゆっくりと美輝の方へ顔を向けた。


「本当にありがとう。お前さんのおかげで私はもう自分の目で見ることを諦《あきら》めていた春を感じることができた。本当にお前さんのおかげじゃ。何と礼を言ったらいいか。本当にありがとう」

「いや……そんな……そこまで言われると……」

同じ部屋の患者たちが二人の様子を見て声をかけてきた。

「これを見てごらんなさい」

井之尾は写真を隣のベッドの老人に渡した。美輝が撮ってきた写真を見た人からドンドン表情を明るくしていくのがわかった。みんなが写真を見終わった頃には、どの顔にも笑顔が浮かび、部屋の雰囲気がガラッと変わった。病室の中に本当に春が来たような暖かさがみなぎるのを肌で感じた。

みな一様に美輝に感謝の言葉を告げた。

「美輝ちゃんは、写真の天才だ。写真家になれるぞ」

なんて言う人もいた。

こんなに誰かにお礼を言われた経験は記憶にない。

美輝は嬉しくて自分の鼻が膨らんでいることがわかっていながらもどうすることもできなかった。

「私、もっと撮ってきてもいい？」

美輝は思わずそう言っていた。

「ああ、お願いするよ」

井之尾は笑顔でそう言ってくれた。

★

美輝は、もっといい写真を撮ろうということにだけ集中していた。病室にいた老人たちの会話から、それぞれがどういうものに関心があるのかも少しだけわかった。

自分のしたことを心から喜んでくれた彼らのことを、もっともっと喜ばせたいと心から思った。

美輝は前日以上に、いろんなところを歩き回り、たくさんの写真を撮った。きっと、これほど歩いたのは初めてだろうが、あまり疲労を感じなかった。

美輝は撮った写真の下にちょっとしたコメントをつけて再び病院を訪れた。


この頃から、美輝は井之尾に対して、他の誰に対しても感じることのなかった安心感を持ち始めていた。

どんな秘密を打ち明けても、自分が関わって生きている他の人にその秘密が漏れることはないという安心感。そして、きっと井之尾なら、他の大人のようにすぐに話を途中で遮って「ああしなさい、こうしなさい」なんて言わずに自分のことを受け止めてくれる。そんな気がした。


病室にいた人たちはみな前にも増して喜んでくれた。

それぞれが気に入った写真を枕元に飾り、これで気分が晴れると言っては「ありがとうね、美輝ちゃん」と言ってくれた。

「写真を撮るのが楽しくなってきたかね？」

「うん。どんな写真を撮ったらみんなが喜んでくれるかなぁって考えながら写真を撮るのは、本当に楽しかったわ。そのことを考えているときは嫌なことを忘れることもできるし」

「目の前にあるものを見て、誰かの喜ぶ顔が浮かぶ人は、何をやっても成功する人じゃよ」

美輝は素直に嬉しそうな顔をした。

「本当に？」

「ああ本当じゃ。どんな仕事をしていても、自分にとって嫌なことや退屈なことはある。そういう人にとっては仕事そのものが作業であり、苦痛になる。ところが同じことでも誰かの顔を思い浮かべながら、その人に喜んでもらえるようにと考えながらやると、そのことは努力や苦労ではなくなる。その人にとって楽しくてたまらん時間になるんじゃ」

「確かにそうかもしれないわ。時間を忘れて写真を撮っていたもの」

「そうかい。それはよかった。今やお前さんは我々六人の心を癒してくれる専属カメラマンじゃの」

「そう言われると、なんだか嬉しいな。もっと撮りたくなっちゃう。また撮ってきてもいい？」

「もちろんじゃよ。それより、ちょっと話を聞かせてくれんかね。写真を撮っていて何か気がつくことはなかったかい？」

「そうだなぁ。やっぱり嫌なことを忘れて集中することができたってことかなぁ」

「他にはないかい？」

「そうね、あとは……春らしいものを探して歩いていると、春らしいものって結構いっぱいあるってことね」

井之尾は満足げにうなずいている。

「そのことがわかったじゃろ？」

「えっ？」

「お前さんが春らしいものを探して歩いていると、道は春らしいものであふれていることに気づくじゃろ。ところがお前さんが歩いた道は、初めて歩くような外国の道じゃない。いつもお前さんが歩いている道じゃ。

いつも歩いている道に、お前さんに春を感じさせるものがこんなにあふれているってことに以前は気がついていたかな」

「ううん。気がついていなかったわ」

「人間は、自分が探しているものしか見つけることができないんじゃよ」

「自分が探しているもの……？」

「そうじゃ。春を感じるものを探して歩いている人には、春を感じさせるものがドンドン目に飛び込んでくる。ここにいる六人の老人を楽しませる景色を探して街を歩くと、そういうものがドンドン目に飛び込んでくる。ところがまったく同じ道を歩いても数日前のお前さんにはそういうものは一切目に入らなかった。ちがうかな？」

「…………」

美輝は言葉を失った、井之尾の言う通りだった。

美輝が春を見つけるために歩いた道は、あの日検査のためにこの病院まで歩いてきた道と同じだ。でも、あの日はそういうものが一切目に入らなかった。花がそこにあることすら気づかなかった。

「つまりそういうことじゃ。お前さん、私と出会った日、この病院の屋上で何を考えていた？　きっと自分がいかに不幸で恵まれていないかということばかりを考えておったはずじゃ。そういう者は、出会うものの中で自分に不幸を感じさせるものばかりしか目に入らなくなっている。

自分を不幸にするどんな些細《ささい》なものも見逃さないほど敏感になってそれを捕まえようとしておる。結局、自分の方から積極的に自分を不幸にするものを集めて生きているということなんじゃよ」

美輝は認めるしかなかった。井之尾の言う通りだ。

「うん……確かにその通りかもしれない。実際に私、あの日は自分のことばかり考えていて、家から病院までの道ばたに何があったかなんて何一つ覚えていないもの。でも、井之尾さんたちを喜ばせるものを探して歩いているといろんな発見があったし、楽しかった……」

「そうじゃろ。世の中のあらゆることがそうじゃ。自分を幸せにしてくれるものばかりを探して生きる者に、不幸な出来事なんて見つけることはできんのじゃよ」

「待って。そんなことないわ。確かに、自分を幸せにしてくれるものを探していれば、それがたくさん見つかるというのは納得できるけど、それとは無関係に私の周りでは、無視したくてもできないような、起こってほしくないことがたくさん起こるもの」

「なるほど。確かにそうかもしれん。だがの、それでも起こっている出来事によって、それがいいことか悪いことかが決まっているわけではないのは事実じゃよ」

「そんなことって……」

「ある人が何かで悩んでおるとする。その人は、自分を取り巻く状況や他人が、こう変わってくれたら幸せになれるのに……と思いながら過ごしておるんじゃ。ところが三年後、その人が同じことで悩んでいると思うかね？　ほとんど例外なく、もう悩んでなんかはおらん。つまり、本人の希望が叶《かな》ったってことじゃな。そこで考えてみる。その人は三年後幸せの絶頂にいると思うかね？」

「そんなことないと思うわ」

「どうしてだね？」

「別のことで悩むから」

「その通り。この人は今抱えている悩みが解消されれば幸せになれると思っておる。でも、それが解消されたところで別の悩みを抱えてしまう。どうしてかわかるかい。人が幸せを感じる力っていうのは決まっておるからじゃよ。

　ある人は自分の周りで百の出来事が起こるとすると、そのうち幸せだなぁっと感じることが十くらいで、嫌だなぁって感じることが三十くらい。残りの六十は別に何とも思わなかったりする。でもな、まったく同じ出来事を別の人が経験すると、その数の割合は変わる。中には幸せだなぁと感じる数が百の人だっておるんじゃよ。

　この、自分が持っている幸せの感じ方を変えないかぎり、この人は何年たっても同じような気持ちで生きることになる。もちろん抱えている悩みそのものは変わっていくがの。

　どんなことが起こっても幸せだなぁって思える人なら、何年たってもずっと幸せなまま。人生はバラ色じゃ。わかるかい？」

「わかるわ。わかるけど……わかるけど……私にはとてもそんな……」

「大丈夫じゃ。誰だってできる。現にほら、お前さんは道を歩くのが楽しくなったじゃろ。今まで何も感じなかった道の中に、見つけて嬉しくなるような発見をするようになったじゃないか。ここに喜んで写真を持ってきてくれる姿を見ると、とても学校に行けなくなった子には見えないよ」

「私……私、変われるかなぁ……」

美輝は思わず涙がこぼれた。

「何を言っておる。もう変わったんじゃよ」

「ほんとに？」

「ああ、私と初めて会った日に私が言っただろ。あの日がお前さんのコハルビヨリになるだろうって」

「コハルビヨリ……？」

「心が晴れる記念日、心晴日和じゃよ」


この瞬間、美輝の感じていた井之尾に対する安心感は確信に変わった。井之尾は美輝にとってこの世の中でただ一人の何でも相談できる存在になった。どこにも居場所がないと感じていた世界の中に、一つだけできた安心して自分が自分でいられる場所。

出会って数日しかたっていない老人の病室という、数日前までは考えられないような場所だが、美輝にとってはあたたかい光に包まれた唯一の、そして大切な場所だった。

美輝は井之尾に学校に行きたくなくなったわけを話した。先生にも、母親にも本当のことを言ったことがなかったが、井之尾には言えた。

先生に話したら、相手に伝わって余計に話がこじれるし、母親に相談したところで、美輝には内緒で結局は先生に相談に行くだろう。

結果として「あいつチクッた」と言われて今まで以上に冷たい目線のやりとりをみんなが交わす中にいることになるだろう。

たとえ、学校の先生に相談に行かないとしても、母親にいらぬ心配をさせたくないとも思っていた。

クラスの中で彼女たちが交わす目線は張り巡らされた赤いレーザー光線のようにはっきりと感じることができる。それに触れないようにしようと思うと、美輝は自分の席から身動き一つとれなくなる。

★

美輝は学校で友達関係がうまくいっていなかった。

なぜだか自分でもよくわからないうちにそれが始まり、今もそれが続いている。

「なるほど。あからさまないじめではないが、明らかにお前さんのことを大勢の友達が避けようとしているわけじゃな」

「そうなの。昔は私もそのグループの一員だったのに、今では話しかけても誰も応《こた》えてくれないわ」

「どうしてそうなったのかもわからんのじゃな」

「うん。私は何もしていないのに、いつの間にかそうなっちゃったんだもん」

「じゃあ、まったく思い当たる節がないのにそういうことになってしまったわけかね」

「う〜ん……。もしかしたらあれかなってのはないわけじゃないけど……でも、はっきりと原因はわからないわ。とにかく理由なんてどうでもいいんだと思うわ。

みんなで私一人をのけ者にして、クスクス笑って楽しんでるのよ。井之尾さんにはわからないかもしれないけど、女子のセカイは複雑なのよ」

「ジョシのセカイ……かね」

「そう。私、女子のセカイが大嫌い。メールを送り返さなかっただけで極悪人のようにみんなに言われちゃうし、話題についていくために見たくもないドラマとか、好きでもないアイドルに興味があるふりをしなきゃならないし」

「お前さんは、その世界から出されて悲しんでいるんじゃないのかね？　それとも喜んでいるのかね？」

「そういう世界にいるのはもう嫌だけど、だからってみんなで私のことを……」

「まあよい。状況は何となくわかった。よく話してくれたな、とっても勇気がいったじゃろう。もっと話を聞いてやりたいところなんじゃが、残念ながら私はこのあと風呂に入る時間なんじゃよ。続きは明日にしよう。そのときにお前さんの心を少し軽くする話をしてやろう。明日もまた来てくれるかな」

「うん。……べつにいいよ。他に行くところもないし……何時に来ればいい？」

「午後三時でどうかな？」

「いいよ」

「ありがとう。待っているよ。それはそうと、ちょっと頼まれごとをしてくれないか」

「写真を撮ってくるの？」

「いや、そうじゃない。駅前の本屋さんに本を注文しておるんじゃが、それを取ってきてほしいんじゃよ。入院中の老人にとって、本は何よりの娯楽での」

「わかったわ」

美輝が家に着いたのは午後五時を過ぎた頃だった。玄関を開けると、いい匂いがしてきて、佳代子が食事の支度をしているのがわかった。

「お帰り。ずいぶんと長い散歩だったわね。気分は良くなった？」

「ん？　うん……少しはね」

それだけ言うと美輝はいつものように自分の部屋へと向かっていった。

★

次の日、美輝は午前中のテレビ番組がいつもと違うことで、その日が土曜日であることに気づいた。

ちょっと遅めの朝食をとると、身支度を整えて本屋へと向かった。井之尾と約束した本を取りに行かなければならない。

お目当ての本はすぐに出してもらえた。カバーを掛けてもらい、店の外に出ようとした瞬間、美輝はとっさに足を止めた。

「明美だ……」

胃のあたりがぎゅっとなるのを感じた。

駅前のロータリーを囲むように林立するビル。その一角の一階にあるこの本屋からは、駅前の様子が一望できる。ふと気づくと目にとまるのは塾の看板ばかりだ。

ちょうど通塾の時間らしい。たくさんの中学生が一つの建物に集まってきている。

その中に明美がいた。

以前はとても仲が良かった。美輝に対する嫌がらせが始まってから、明美とも口をきかなくなった。それどころかいつも決まって最初に嫌なことを言うのは明美だった。

「ねえ、ねえ、あれ見て！」

美輝が何かをするたびに、それを逐一、恵美と佳子に報告する。

それこそ、机の中からノートを取り出すだけでも「見てよ、あれ」となる。

そうすると、二人の目線が美輝の方を向き、こちらに聞こえない声で、しかし美輝のことを言っているのがはっきりと美輝にもわかる態度で何か話す。

はじめはいやぁな顔をする。そのあとひそひそ話をして、ときどきわざと聞こえる声で「サイアク～」「うざくねぇ～」とつづく。それから、聞こえるギリギリの大きさの声で「腐ったなすび」という言葉が聞こえる。美輝のことだ。

彼女の名前は「那須美輝」。小学生のときには男の子から「なすび輝く」と言って馬鹿にされたものだが、今に比べればかわいいものだったと心から思う。

その後、三人は美輝の方ににらみつけるような鋭い目線を送り、しばらくして馬鹿笑いが起こる。それがいつものパターンだ。

明美は一人で歩いていた。

周りにはたくさん中学生が歩いている。美輝は見たことがない生徒たちだった。違う学校の生徒なのだろう。

明美が自分を追い抜いて行く子に何か声をかけた。

反応がない。

あの表情、雰囲気、追い抜いた中学生二人組の目線の交換。

「シカト……」

ほんの一瞬の出来事だった。でも美輝にははっきりとわかった。

明美は自分と同じ思いを塾で経験しているのだ。

★

「取ってきてくれたかい。ありがとう。この本を楽しみにしておったんじゃよ。ついでに、頼んでおいた本を注文してきてくれたかな」

「……うん。したよ」

「どうした。あまり元気がないようじゃの」

美輝はここへ来る前に目にした状況を説明した。

「そうだったのかい。お前さんそれを見てどう思った？」

「すごく、複雑な気持ちになった」

「どうしてだね」

「いい気味だって思ってもよさそうなものなのに、思えなかったの。だって、とっても嫌な思いをしているはずでしょ。そんな人を見るのはやっぱり嫌だよ。見てる方が辛くなっちゃうもん。でも、そういう経験してるんだったら、どうして私に同じことをするんだろうって思うと悔しくって」

「どうして、明美という子が、お前さんに対して自分が経験して嫌な気持ちになったことをやるのかを考えたことがあるかね？」

「そりゃあ……」

「腹癒《はらい》せかね？」

「……違うと思う……」

「じゃあ、なんじゃ？」

「きっと、……学校でもそうなるのが怖いんだと思う……」

井之尾は心なしか淋《さび》しそうな顔をしてうなずいた。

「そうじゃな。私もそう思う。彼女は居場所がなくなる寂しさを知っておる。そして、学校ではお前さんがその対象になっていることも。自分にとって学校がそういう場所になってしまったらと考えると怖くて仕方がなくなる。だから人に嫌われないようにしようと思うようになる。そうなると、本当は嫌な気持ちになるのを知っているのに、自分の態度を変える勇気を持つことができなくなってしまう。とまあそんなところじゃろう」

「なんだか可哀想に思えてきた」

「お前さんは優しいのぉ」

「そういうわけじゃ……」

「でも、今までと同じ一つの出来事が起こったとき、そのとらえ方が今までとは違うものになりそうじゃないかね？」

「少しはね」

「それでいい。それだけでも大きな進歩じゃからの。そのうち、起こることに幸、不幸を左右されるのではなく、そのとらえ方を考えることによって幸、不幸を自分でコントロールできるようになる」

「なれるといいな……」

「なれるさ。お前さんがそう望めばな」

「どうすればなれる？」

「その前に、お前さんはどんな人間になりたいんじゃ」

美輝は少し考えて答えた。

「私……もっと強くなりたい……」

「強いってどういうことかな」

「他の子にどんなことを言われても大丈夫な強さを持った人になりたい……ってことかなぁ」

「なるほど。そういった意味で言うと、今は本当にいい経験をしていると言えるんじゃないのかね」

「どうして？」

「みんなが自分に対して優しい中で、自分が強いかどうかなんてわからんじゃろ。自分に対して辛く当たる人がいるからこそ、自分が弱いということがわかる。そしてその経験から自分なりに対処法を考え出し、それを続けることでどんなことに対しても負けない強さを持つことができるようになる」

「確かにそうだけど……なんで私だけって思っちゃう」

「お前さんだけじゃない。誰もがみんなそういうことを経験して大人になるんじゃよ」

「みんな？」

「そう、みんな人生のどこかでそういう経験を必ずしているんじゃ。それを小学生のうちに経験する者もおれば、お前さんのように中学で経験する者もいる。学校生活を終えて、社会に出てから経験する者もいる。人によって時期は違うが結局みんな経験することじゃ」

「私だけじゃないの……？」

「ああ、お前さんだけじゃない。すべての人が経験することじゃよ。だから今は生きていることに心から感謝して、起こるすべてのことを幸せだと認識して生きておる者だって、昔はお前さんと同じことで苦しんだ時期があった。

だからお前さんにも、人生がバラ色に見える日が必ずやってくる。

でも、そうなるためには、もう少しいろんな経験が必要じゃ。今のお前さんは幸せの一歩手前で、必要なものをたくさん集めている途中だと思えばいい。立派な家を建てるためにはいろんな材料が必要じゃろ。それと同じこと。素晴らしい人生を送るためにはいろんな材料が必要じゃ。それを集めている。ただそれだけのことじゃよ」

「そんなこと言われても……」

「無理だと思うかい？」

「難しいよ」

「じゃあ、そうなりたくはないかい」

「そりゃあなりたいけど」

「そうなるために最初に必要なことは、お前さん自身が変わることじゃ。周りが変わるのを期待するのではなく、自分が変わることによって自分の人生は大きく変わるということを知らなければならん」

「私が変わる……」

「そう。まずはお前さんから」

「まずは私から……」

美輝は自分に言い聞かせるようにそう呟いた。

「今からする話を納得するのは難しいことかもしれん。でも最後まで聞いて、そして覚えておくといい。いつかきっとお前さんにも納得できる日がやってくるだろう。それはな、人生において起こるすべてのことの原因は自分にあるということじゃ。いいことも、悪いことも過去の自分のしたことが原因となって起こる」

「そんな……私、みんなから無視されるようなことやってないもん」

「お前さんがそう思うのも無理はない。でも、無意識のうちにしている行動が原因となってそういうことを引き起こす。決して人のせいにはできないんじゃよ。ただ、今はそれを納得しろとは言わん。『ああ、そうなんだ』くらいの軽い気持ちで聞いてくれていればそれでよい」

「わかったわ。すべての原因が私にあるとしたらどうなの……」

「だったら、嫌なことは今起こってよかったと思わないかね。そういう種をどこかで蒔《ま》いていたという事実はあったわけだから、今起こっていなければその種がもっともっと大きく育ったときにやってくることになっていたんじゃよ」

「むう……」

美輝は憮然《ぶぜん》とした表情で、腕組みをして考え込んでしまった。

「井之尾さんの言っていることが本当だとしたら、そうだけど……でも……」

「それでいい。今は、そう思ってくれただけで十分じゃ」

「そんなのずるい。納得できないよ。私が悪いなんて思えないもん」

「お前さんが悪いとは言っておらんよ。そうなる原因をお前さんがつくったと言っておるだけじゃ。いい、悪いの問題じゃない。その原因の一つを教えてやろう。人間の人生をつくっているものは何か知っているかな？」

「わからないわ……そんな難しい質問」

井之尾は美輝の方へと向き直って、美輝の目をのぞき込むようにゆっくりと言った。

「言葉じゃよ。『お前は弱い人間だ！』と毎日何度も何度も聞かされていたら、それが事実でなくてもだんだんそういう人間になっていってしまう。人間は毎日聞いている言葉通りの人になろうとするんじゃ」

「毎日聞いている言葉通りの人間になろうとする……の？」

　美輝にとっては新しい考え方だった。

「そうじゃ。そこで考えてごらん、お前さんは誰の言葉を一番多く聞いて生きているかな？」

「最近はあまり誰とも話をしないから……お母さんかなぁ……。それより今は井之尾さんの方が多いかも」

「お前さんのお母さんは、お前さんのことをどんな子だって言うかな」

「優しいし、正直な子だからすぐにたくさん別の友達ができるわよって」

「私も、そう思う。でも今のお前さんはそうなっていない。ということは、その数よりもっとたくさん、『お前になんて友達ができるわけがない』と言い聞かせている人がいるということじゃ。それが誰かわかるかい？」

「クラスの人たち……かな？」

「そういうことを直接言われたことがあるのかい？」

「直接はないけど……でも、みんなで集まって私の方を見ながらこそこそ言ってるときはそんなことを言ってるんだと思う」

「でも、本当は何を言っているのかわからんじゃろ」

「うん……。そうだけど……」

「実はそういう言葉をお前さんにぶつけてきているのは他の誰でもない、お前さん自身じゃよ」

「私？」

「そう。お前さんじゃ。人間は自分の言葉を一番たくさん聞いて生きている。そしてその言葉通りの人になろうとする。自分のことを『弱い人間だから』『友達なんてできない人だから』『クラスの友達から嫌われてるから』と一日に何千回と繰り返して、その通りの人になろうとしているに過ぎない」

「でも、友達から聞こえるように『ウザイ』とか言われるんだよ」

「実際に言われたからといって、それが事実ではないじゃろ。言っている相手にとってお前さんが都合の悪い存在であるかもしれないけど、お前さんが社会全体にとって都合の悪い存在であるというわけではない。その一回の発言を、『私はあの子にウザイって言われた』『私はウザイ存在だ』って何千回、何万回も頭の中で繰り返しているのは誰かな？」

美輝は力無く答えた。

「……私だ……」

「お前さんに自信をなくさせたのは、他の誰でもない。お前さん自身なんじゃよ。だからまずは、『言葉』を変えなきゃならない」

「どう変えればいいの？」

「簡単なことじゃよ。自分を明るく、強く、幸せにするような言葉だけを自分にかけ続ければいい。いいことを言われたら『ありがとう』と言ってそれを受け入れ、ひどいことを言われても、それとは反対のことを強く言い聞かせる。今のお前さんはその反対をやっている。いいことを言われても『私はそんなに素敵じゃない』と自分に言い聞かせて、悪いことを言われたら、自分でそれを何度も繰り返している。違うかね？」

「そうかもしれない……でも……私、他の人と違って話も上手じゃないし、何かに自信があるわけでもないし、人付き合いも本当に苦手だから……」

「まあ、お前さんの気持ちはわかるが、その考え方が癖になっているようじゃの。いいかい。世の中には話が上手な人なんていない。下手な人もいない。話が上手だと思い込んでいたり、下手だと思い込んでいる人がいるだけじゃ。人付き合いも同じこと。だから、まずは自分を否定することをやめることから始めてごらんなさい」

「でも……どうすればできるのかが……」

「その『でも』という言葉がくせ者じゃな」

井之尾はおかしそうに笑った。美輝は自分の口癖を指摘されてちょっとバツが悪そうな顔をした。

「それを使わないようにしてごらんなさい。それから、人からどんなことを言われても『私はこの人が好きだし、この人からも好かれている』って何度も自分に言い聞かせてごらん」

「でも……」

「ほら、また」

「好きじゃない人にもそう言い続けるの？」

「そうじゃよ。その人が好きじゃない理由はやはりお前さんが頭の中で何度も何度もあの人は嫌いという言葉を繰り返したことが原因じゃからの」

「で……わかったわ。試してみる」

「そうじゃ。なんでも試してみることが大切じゃ。きっとすぐに自分が素晴らしい存在だってことに気がつくはずじゃよ。私の知っているかぎり、お前さんほど心の優しい、素敵な中学生は見たことないからね」

「誰にもそんなこと言われたことないわ」

「誰かが言わなければ、お前さんの優しさは存在しないのかい？　これまでは誰も言わなかったかもしれないが、これからはたくさんの人にそう言われる人生になるぞ」

美輝は「でも……」という言葉がのど元まで出かかったが、それを飲み込み、絞り出すように「ありがとう」と聞き取れないほど小さな声で言った。

自分でも顔が赤くなり照れているのがわかる。なんだかとても恥ずかしかったが嫌な気はしなかった。

その日は美輝が受け取ってきた本を井之尾に読んで聞かせた。横になったまま自分で本を読むと肩が凝って疲れがたまるらしい。加えて目も悪いからどうしても目が疲れるとも言って、読んでくれるよう美輝にせがんだ。

美輝は恥ずかしそうに咳払いを一つして、読み始めた。

井之尾は目を閉じたまま、小さく何度もうなずきながら笑顔でそれを聞いてくれた。その笑顔を横目でちらちら見ていると、もうちょっと感情を込めて読んでみようかなという思いが美輝に湧いてきた。

はじめの一章を読み終わる頃には、最初の棒読みとはまったく違った読み方の朗読が病室に響き、他の患者たちもその声に耳を傾けていた。静かにそれを読み終えるとちょっとした沈黙のあとどこからともなく拍手が沸き起こり「ありがとう」「声の調子と本の内容が絶妙に合っておった」といった声がいろんな方向から聞こえてきた。

自然と美輝の目から涙がこぼれた。どうしてだかわからない。

でも涙が止まらなかった。井之尾と出会って以来、泣いてばかりだ。でも、弱くなった気がしない。むしろ一つ涙を流すたびに強くなっている気がしていた。

その夜、食事のあと美輝は佳代子に言った。

「お母さん。明日はちょっと無理してでも学校に行ってみる」

佳代子は口を開けたまま目を見開いて美輝の方を見たまま一瞬固まっていたが、思い出したように声を出した。

「ああ、ああそう。それはいいことだと思うわ。何かあったら教えてちょうだいね」

★

翌朝、頭痛と腹痛は起こらなかった。もちろんちょっとした緊張感はあったが。学校に行ってもどうせ嫌な思いをするだけだろう。状況はあのときから何も変わっていない。でも、美輝は学校に行ってみようと思った。どうしてそういう気持ちになったのか自分でもよくわからない。

逃げているばかりでは何も変わらない。自分のことを優しくて素敵だと言ってくれた井之尾の言葉を信じて次の一歩を踏み出してみようと思ったのだろう。美輝は自分でも少し強くなった気がした。

もちろん不安は相変わらずある。でも、今の自分なら前までの自分よりはそれにも耐えられそうな気がする。

せめて学校に着くまでは、自分の心を癒してくれるものを探して歩こう。そう決めた。

二年近く通っている通学路に、これほど多くの素敵な花が存在することを、美輝はその日初めて気がついた。

「人間は自分の探しているものしか見つけることができない」

井之尾の言葉が美輝の頭の中でグルグルと回っていた。

自分を幸せにするものを探して歩くと、いつもと同じ通学路にもそれを新たに発見することができる。

美輝は数日前の自分とはまったく違う自分がいることを感じ始めていた。

美輝が教室に入ると、ほとんどすべての生徒がすでに教室に来ていた。美輝の心の大部分を占めている三人の元親友、恵美と佳子、それに明美もいる。

美輝は無視されるのを承知であいさつをする。いつものことだ。自分でもどうしてそうするのかわからなかった。自分のことを嫌いな人にまで好かれようとしているようでたまらなく自分のことが嫌になるのだが、この日もそうした。

ただ、いつもと違ったのは、廊下を歩いているときから井之尾に教わったあの言葉を何度も何度も繰り返していたということ。

「私は恵美も佳子も明美も大好き。私が好きでさえいれば、絶対みんなも私のことを好きになってくれる！　ううん。今だって、本当は私のことが好き！」

教室の後ろの入り口から入り彼女たちの横を通り過ぎる。

「おはよう！」

振り返った三人の顔には明らかに驚きが浮かんでいた。

返事はなかったが、美輝の雰囲気が何か違うということは感じ取ることができたらしい。佳子は一瞬つられて返事を返しそうになっていたほどだ。

その後、彼女たちは思い出したかのように美輝に対して陰湿な「シカト」を再開した。

休み時間のたびに集まり、小声でひそひそ話しては視線をこちらへ向ける。時折クラス中がびっくりするような笑い声を起こしては、明美が「やめなよ。聞こえるよ」

と薄ら笑いを浮かべながら言う。恵美は「聞こえるように言ってるんだけど、気づいてないからいいんだよ」とこれまた聞こえるような大声。そしておきまりの馬鹿笑い。

そのたびに、美輝は心の中で繰り返していた。

「私は恵美も佳子も明美も大好き。みんなも私のことが本当は好き！」

もちろんそう考えることによって辛さがなくなるわけではなかったが、一日中ずっと考えていた「どうして私ばかり……」という思いはなくなっていた。

そのかわり、「どうして明美は私に対してそういうことをするんだろう」ということを考えるようになっていた。

「明美は塾で私と同じ目に遭っているのに、何で私に対してひどいことをするのかな。だいたい、私がしていることを逐一見ていては恵美と佳子に報告するのは明美だわ。明美は自分が学校でもそうなるのが怖いのね。塾でも学校でも自分がターゲットになると自分の居場所がなくなっちゃうから。そうならないように、私がターゲットになるように頑張ってるんだわ、きっと。明美も可哀想……なんだよね。そんなことしなくても私はいじめたりはしないのに……

じゃあ、恵美と佳子はどうして……

同じようにどこかで誰かにいじめられているとか……

そんなタイプじゃないわ。二人とも。じゃあやっぱり単純に私のことが嫌いなのかな。

おっと。そう考えちゃダメなんだったわ。

二人とも私のことが好きなのよ。でもそうしなければならない理由があるのね。

それは何かしら……」

美輝が授業中考えていることは、自分の内側ではなく、外側に向かっていた。そのことに美輝自身は気づいていなかった。

帰りに美輝は病院によった。

★

「おや、お前さん制服を着ているということは今日は学校に行ったんじゃな。何か変化はあったかね？」

「相変わらずよ」

そう言いながらも美輝の表情は以前ほど暗くはなかった。

「その割には、あのときほど暗い顔をしておらんじゃないか」

「なんだか、井之尾さんの言う通りみたい。今までは嫌なことがあるたびに、私いつも心の中で、恵美も佳子も明美も大嫌いって何度も何度も言ってたの。

でも今日は頑張って、嫌な思いをするたびに、私は恵美も佳子も明美も大好き！　みんなも私のことが大好き！　って頭の中で繰り返したの。そうしたらだんだん、大好きなのにどうしてそんなひどいことをするんだろうって思うようになって、何て言うか、もちろんそういう扱いされるのは嫌だけど、前ほどは気にならなくなったって言うか……何だろう。強くなったってことかな」

井之尾は読んでいた本をベッドの横の台に置きながら言った。

「強くなっただけじゃない。優しくなったし、人間として大きく成長したという証《あかし》じゃよ。何より素晴らしかったのは自分が変わろうとする勇気を持てたということじゃ。何かに挑戦するのは本当に勇気がいる。でもその勇気をなくしてしまうとすべてを失ってしまうことだってあるんじゃ。お前さんはそうなる前に自分が変わろうとする勇気を持つことができた。このことには本当に大きな意味がある。きっと今後の人生でそれがいかに大事なことかがわかるじゃろう」

「自分ではよくわからないけど、でも井之尾さんにそう言ってもらえるのなら否定はしないわ。ありがとう」

「そうそう、だいぶわかってきたじゃないか。せっかくだからもっともっと自分を磨いてくるといい」


その日、井之尾からは一つの宿題が出された。

★

恵美たちの美輝に対する態度は翌日も変わらなかった。

以前にも増して大きな声で聞こえるようにひどいことを言うときもあった。もちろん彼女たちも名指しで言うような馬鹿なマネはしない。でも、はっきりと誰に言っているかわかるやり方で、クラス中に聞こえる声で馬鹿にしたり、笑ったり、「ムカツク」と言ったりする。

そのたびに美輝は、

「私は恵美も佳子も明美も大好き。みんなも私が大好き！」

という言葉を繰り返した。

クラスの他の女の子たちは案外、恵美たちと仲良くやっている。でも、積極的に付き合おうとはしない。

「みんな自分が標的にされるのが嫌だから、適当に付き合うし、私をかばったりもしないけど、一度は友達だった人をああやってみんなでいじめる人と心から友達になりたいって思う人なんていないと思うわ」

自分でもお人好《ひとよ》しだと思うが、美輝はそう考えると、恵美や佳子、明美がちょっと可哀想に思えてくる。彼女たちはきっと新しい友達を作ることができずに、三人だけでまとまっているしかないのだから。

「おっと……」

美輝は井之尾から出されたもう一つの宿題を思い出した。

クラスの中でいつも一人でいる人を探して話しかけることだった。

それまであまり気にして見ていなかったが、確かに、誰かと一緒のときもあるけど、一人でいるときもあるという子は結構いる。いつも誰かとべったり一緒じゃなきゃいられないという子のことばかり自分は見ていたような気がする。以前は、自分もそうだった。

そう考えて見てみると、いつも誰かと一緒じゃなきゃいられないという子は、いつもどことなく無理しているように見えた。なんだか一人になるのを怖がって必死になっているようだ。

「私もきっとああだったんだ」

美輝は以前の自分が他人の目からどう見えていたのかわかった気がした。いつも、一人になるのが嫌でビクビクしながら、誰かに合わせるように生きている。そんな風に見られていたのだろう。なんだか恥ずかしく思えた。

気になる生徒が一人いた。

「そういえば白石さんとは、何度か話したことはあるけどその程度だし、返事が素《そ》っ気《け》ないからいつもそれっきりになっちゃうんだよね。彼女は一人でいることが多いし、別にそれをまったく苦にしていなさそう」

美輝はその日、一日中、白石のことを観察し、話しかけるタイミングを探していた。結局教室の中では、美輝がどんな行動をとろうとも、恵美たちがすぐに何かを言い始めるので白石に話しかけることができなかった。

声をかけることができたのは、下校時の下駄箱のところだった。

白石が帰るタイミングを見計らって、あわてて階段を追いかけて、偶然下駄箱前で鉢合わせたという演技をした。

「ああ……白石さん。もう帰るんだ……部活とかはないの？」

「うん。私、部活はやってないから」

「そうなんだ。えっと……白石さんの家ってどっちなの？」

「若草町」

「じゃあ、私と同じ方向だね」

「美輝ちゃんはどこなの？」

美輝は自分のことを「美輝ちゃん」と呼ばれたことに少し驚いた。

「私？　三本松」

「じゃあ、途中までは一緒だね」

「一緒に途中まで帰ってもいい？」

「そういうのって、誰かの許可がいるの？」

「そうじゃないけど、私と一緒に帰るのは嫌じゃない？　ほら……あの、クラスの中でのこともあるし、私と仲良くしてるって噂になったら嫌な思いをさせちゃうかもしれないから」

「私はそういうのまったく気にしない人だから。全然いいよ。友達付き合いもこじれると大変だね」

美輝は苦笑いをするしかなかった。白石は本当にサバサバしていて羨《うらや》ましい。実際にそういうのはまったく気にならないタイプなのだろう。

★

「で、どうじゃった。お前さんにはない強さの理由がわかったかな？」

「それが、よくわからないの。きっと元々強くって、言いたいことをはっきり言えるタイプなんだと思うし、一人でいても平気なんじゃないのかな」

「そうかね。でも話をする前は知らなかったその子のことがいろいろわかったじゃろう？　どんなことがわかったか私に教えてくれないか」

「いいわ。留実ちゃんはね、昔からバレエを習っているんだって。だから部活にも入らないで、学校が終わったらすぐ家に帰ってレッスンに出かけてるの。それから、お母さんが仕事で忙しいからレッスンから帰ってきたら週に四日は食事の支度を自分でしているんだって。本当にスゴイよ。私、尊敬しちゃったもん」

「それをその子に伝えてみたかい？」

「うん。そしたら、『そんなことないよ。美輝ちゃんだってできるよ』って言うから、私なんてとてもとてもって思っちゃった」

井之尾は嬉しそうにうなずきながら聞いていた。

「学校で一人でいても寂しくないのはどうしてだろうね？」

「それも聞いてみたんだけど、友達ができても一緒に遊ぶ時間がないし、メールのやりとりとか面倒だから、そういう付き合いをしなくていい友達ならいてもいいけど、自分の時間をとられたり相手に振り回されるような付き合いは嫌なんだって」

「ほう。結構はっきりしておるな」

美輝は一層、目を見開いた。

「そうなの。でも寂しくないんだって。バレエ教室にはいろんな年の人がいて上の人にはかわいがってもらえるし、下の子たちはいろいろ教えてあげなきゃいけないけど本当にかわいらしいって。その話を聞いていたら私なんだかちょっと羨ましくなってきちゃって……」

「どういうところがかね？」

「自分の居場所があるってところかな……」

井之尾は満足そうにうなずきながら身体を起こすのを手伝ってくれるよう美輝に言った。

起きあがった井之尾は一呼吸入れてから、話を続けた。

「そういうことじゃな」

美輝は面食らって井之尾の方を見た。

「どういうこと？」

「お前さんに必要なのはそれだということだよ」

「自分の居場所？」

「単なる居場所ではない。いろんな年齢の人がいて年上の人にはかわいがってもらえるし、年下の人にはいろいろと教えてあげなければいけない。そんな場所じゃ」

「なかなかないわ、そんな場所」

「いや、逆じゃよ。学校という場所がとても特殊な場所だということじゃ。学校のルールは一歩外の社会に出るとまったく通用しない」

「そうなの？」

「そうじゃよ。例えば『ひいき』一つとってもそうじゃろ。学校の中で『ひいき』という言葉はどういう意味を持っておる？」

「先生は絶対しちゃダメだし、生徒もひいきされることを嫌がるわ。それが原因でいじめられたりしちゃうもん」

「でも、学校の外の世界はそうじゃない。『ごひいきにしていただいてます』というのは本当にありがたいことじゃ。いろいろお店がある中で自分のお店を利用してくれるお客さんを『ごひいきさん』という。世の中に出ると、ひいきしてもらおうと思って必死なんじゃよ」

「じゃあ、ひいきは悪くないの？」

「いい悪いじゃなく、すべてのことを平等にすることなんてできないということじゃな。どんなことをやっても文句を言う人はいる。自分がしてほしかったことを他人がしてもらうだけで『ひいきだ！』と騒ぎ立てるやつもいる。そう言っておけば自分が上手《うま》くいかなかったことを他人のせいにすることができるからな。

　まあとにかく、この例からもわかるように学校というのは本当に特殊な社会じゃ。で、中でも一番の特殊性が同じ年齢の人だけが集まっていて、みんな同じことを目的としているってことじゃろう」

「なんだか難しくて、よくわからなくなってきた」

「さっきお前さんが話してくれた留実という子について説明するとよくわかる。彼女は学校以外にバレエ教室に通っておるじゃろ。そこではいろんな年齢の子がいて彼女はかわいがってもらったり、小さい子にバレエを教えてあげたりしておるんじゃろ？」

「そうよ」

「その人間関係の中には、人間が自分を自分らしく保つために必要な大切な経験がしっかりと組み込まれているんじゃよ」

「大切な経験……？」

「そう。それは、誰かから認められること、そして、誰かから感謝されること。この二つじゃ」

「認められて、感謝されること……」

「彼女が学校の中で一人でいても大丈夫なのは、人から認められて、感謝される自分の居場所があるからなんじゃよ」

「この二つが得られる場所があれば私も留実ちゃんみたいになれるってこと？」

「まったく同じかどうかはわからんがな。少なくとも、自分の居場所がないと感じることはなくなる。もちろん、自分に自信を持つことができるようにもなる」

「自分に自信？」

「そう。思い出してごらん。お前さんが学校に行ってみようと思えるようになったのはこの二つを経験したからじゃないかね？」

美輝はハッとした。言われてみれば確かにそうだ。

美輝にとってはこの病室がまさにそういう場所だった。

みんな美輝のことを認めてくれている。今のままで素晴らしい存在なんだということを教えてくれる。そして、美輝がする一つ一つのことに「ありがとう」という言葉をかけてくれる。

ここに来て初めて美輝は自分のことを認めてくれて、感謝される自分の居場所を見つけることができた。

「これは学校に行けなくなった子に限った話じゃない。あの日のお前さんと同じように自分の居場所がないと感じているすべての大人にも言えることじゃ。

彼らはあることで共通している。それは人から認められる居場所をなくしてしまったということ。そしてもう一つ、人から『感謝』されることがなくなってしまったということじゃ」

「なるほどね。そうかもしれないわ」

「ここで一番大切なことは何かわかるかい」

「人から認められないとそこにはいられないってこと？」

「確かにそれも大切じゃ。でもそれ以上に大切なことはもう一つの方。それは『ありがとう』を言われることじゃよ。学校に行けなくなってしまった人や、仕事に行けなくなってしまった人、あらゆることに対して無気力になってしまった人はどんなに自己弁護をしても、人から『ありがとう』って言われることをしていないという点で共通している。お前さんもそうじゃなかったかな？」

「私は……」

美輝は自分のことを思い出してみた。美輝は確かに何もしていないのにどうして自分がこんな嫌な目に遭わなきゃいけないんだとずっと考えていた。そう「何もしていないのに……」何もしていなかった。人からありがとうと言われることなんて何も……。

「学校の中での人間関係が上手くいかなくなると、多くの子は、その関係を取り戻そうと必死になるが上手くいかない。そうして家に帰ると一人悩む、誰かと出会っても一人悩んでいる。人間関係が上手くいかなくなった子たちとは別に、お前さんの行動によって『ありがとう』という言葉をかけてくれる人はたくさんいるはずなのに、それをしようとしないじゃろ。自分の力でどうすることもできないことに悩んでいる間に、自分の力で変えられることすら、その機会をなくしてしまうということじゃ」

「だって、自分のことで精一杯で、そんなこと考える余裕がなかったんだもん」

「そうじゃろうな。だがこれでわかったじゃろ。『どうして自分ばかり……』なんて、考えていると、人から認められたり感謝されたりする機会すら、目の前を通り過ぎてしまうということが」

「探していないものは、見つけられない……ね」

「お前さんは、自分が人から感謝される場所を見つけることができた。ここに来ればお前さんを必要としている人がたくさんおる。私を含めてここにいる者たちはみんなお前さんに心から感謝している。そういう場所を見つけることができたとき、お前さんの人生には光が差してきた。そうは思わないかい？」

「うん……言われてみればそうかもしれない」

「私はね、お前さんに辛い思いをさせた周りが悪くないと言っているのではないのじゃよ。だが、残念だけど他人を変えることはできない。

人から認められることは本当に必要で大切なことだけれども、ただ待っているだけではそれは手に入らない。

でも、自分を変えることは今この瞬間からでもできる。『ありがとう』と言われることもそうじゃ。自分の行動によってドンドン増やしていくことができる」

「うん！」

「ということはお前さんにできることは何か。もうわかったね」

「私が『ありがとう』をたくさん言ってもらえることを探すってことだね」

井之尾は出会ったときと同じような満面の笑みでうなずいた。

「そう。それを探している人にはたくさん見つかるんじゃやったな」

「私、なんだかたくさん見つけることができそうな気がしてきた」

「お前さんは人を喜ばせるというものすごい才能を持っておるぞ。それは私のお墨付きじゃ」

「ありがとう。あっ。っていうことは……」

「ん？」

「人からありがとうを言ってもらえることをたくさんするから、今みたいに人から認められるんだね」

「その通りじゃな」

井之尾は目を潤ませながら、小さい子供にそうするように美輝の頭をなでた。そんな経験は久し振りだった。自分が小さい子供に戻った気分になったが、悪い気はしなかった。なんだか自然と涙が出た。

井之尾の声はいつにも増して優しかった。

「お前さんは、今、本当に辛いことを経験している。そのことによく耐えているし、勇気を持って行動しておる。本当に素晴らしいことじゃよ。

今は辛いかもしれんが、そのうち、こういう経験に心から感謝する日が来る」

「みんなから無視されることに感謝する日が来るの？」

「ああ。必ずやってくる。本当じゃよ」

「それはないと思うけど……」

「いや、必ずやってくる。こういう経験をしたから今の自分があると心から、その巡り合わせに感謝する出来事が起こるのは間違いない。だから、どんなに辛く苦しいことがあっても、人間は人生を途中で投げ出しちゃいかんのじゃよ」

「私は投げ出さないわ」

美輝は自分が強くなったと心から思った。

「私もバレエとか始めてみようかな……そうすれば自分に自信を持てるようになるかもしれないし」

「自分の居場所を増やすのはとてもいいことじゃや。学校しか居場所がないより、いろんな場所がある者の方が自分らしく生きることができるだろう。ただ、別に自信を持つために何かができなければならないというのではない。今のままのお前さんでも十分自分に自信を持つことができる」

「私、何の取り柄もないのに、自分に自信なんて持てないよ」

「自信は何かにおいて誰かより優れているから持てるとか、何かを達成したから持てるとかそういうものではない。すべての人が今の自分をしっかり認めることによって持つことができるものじゃや。何しろ人間は一人一人が奇跡の存在じゃからの」

井之尾はときどき、美輝にはよくわからないことを言う。

このときもよくわからなかった。それでも美輝はしつこく聞き返したりはしなかった。


井之尾は、美輝に自分の両親が出会ったときの話を聞いてみなさいと言った。

どうしてそんなことを聞かなければならないのか美輝にはわからなかった。

でも、井之尾のおかげで、美輝は大きく変わった。

心にかかった分厚い雲は晴れていなかったが、井之尾の言葉はその分厚い雲を動かそうとする風のような存在だった。

「とりあえず聞くだけ聞いてみよう……」

そういえば、美輝は両親が出会った経緯を聞いたことがなかった。

★

その日の夕食後、美輝は珍しく自分の部屋へ行かず、食卓に座ったままで話を切り出した。父親は仕事の都合でいつも日付が変わる頃に帰ってくる。

「どうしたの？　急にそんな話が聞きたいなんて」

佳代子の表情を見ると嬉しそうだ。ちょっと待ってと言うなり、二人分のインスタントコーヒーを入れ、家事の手を休め、美輝の前に腰を据えた。

話す気満々の佳代子の目には父の稔大と出会ったばかりの女学生のような輝きが宿り、美輝はおかしいような、切ないような不思議な気持ちになった。

自分の母親にも今の自分と同じ時代があったんだということを初めて感じた。

「お父さんは、今でこそあんな感じだけど、昔はかっこ良かったんだよ。この辺では有名でね。那須先輩と言えば、この辺の女子高生の憧れの的」

「うそでしょ？　そんなの信じられない」

「本当よ」

「じゃあ、お母さんがアタックしたの？」

「そうじゃないわ。みんながそう言ってたのは知っていたけど、お母さんは別に興味がなかったのよ」

「じゃあ、お父さんが……」

「そういうわけでもないわ。まあ、最後まで聞きなさい」

「わかったわ」

美輝はなんだかドキドキしてきた。

「お母さんが高校を卒業した春、お母さんの通っている高校の野球部が甲子園に行ったの」

「すごーい！」

「でしょ。それでみんなで応援に行こうってことになって、友達数人と行ったのよ。試合はあっけなく初戦で負けちゃったんだけどね」

「それで、それで」

「そのまま帰るのももったいないでしょ。みんなは大阪に買い物に行ったんだけど、私だけ別行動をとって、近くに住んでいるおじさんの家に行くことにしたの。それで甲子園球場を出てすぐのところで路面電車を待っていたの」

「路面電車が走っていたの？」

「そうよ。昔は甲子園球場の前に阪神パークっていう遊園地があってね、その前の乗り場だったと思うわ。そこで電車を待っていたのね。そうしたらお母さんの乗った車両にお父さんがいたの」

「すごい偶然！」

「でしょ。本当にすごい偶然。そのときお父さんはもう仕事をしていてね、偶然出張でこっちに来ていたらしいんだけど、せっかく地元の高校が出るっていうんでね、もしかしたらまだ試合をやってるかもしれないと思って球場前まで来てみたんだって。ところが私が乗ってきたでしょ。お互いに見たことはあったから『あっ！』ってことになって。お父さんは試合が終わったことを悟って降りるのを止《や》めたの。そのとき隣に座って初めてお話をしたのよ」

「それで恋に落ちたのね」

「まだ続きがあるわ。なんだかすごい偶然があるもんだねなんて話をしていたら、急に雨が降り出して……どうしようって困っていたら、お父さんが『はいどうぞ』って傘を貸してくれたの」

「ロマンチックね。どうして傘なんか持ってたの」

「どうしてかしらね。きっと天気予報でも見ていたんじゃないのかしら。あとでお父さんに聞いてみればいいわ。とにかく押しつけるように傘を渡されて、お父さんは路面電車を降りて走っていったのだけは覚えてるわ」

「それでまた会ったのね」

「そう。こっちに帰ってきてから、傘を返そうと思ってお父さんの家を知っている人に教えてもらってね。それを返しに行ったら、今度一緒に映画でも見に行かない？って誘われて。そこから付き合い始めたのよ」

「じゃあ、その偶然がなかったら二人は一緒になっていなかったってこと？」

「そうよ。私の母校が甲子園に出ること、友達みんなで応援に行こうという話になったこと、思い立っておじさんの家に行こうとしたこと、路面電車にお父さんが偶然乗っていたこと、そのとき雨が降ってきたこと、そして不思議とそのときお父さんが傘を持っていたこと、傘を返しに行ったときお父さんが誘ってくれたこと……どの一つの出来事が欠けても、私たちは結婚しなかったでしょうし、美輝も存在しなかったでしょうね」

「すごい偶然なんだね」

「そうよ。でもそれだけじゃないわよ。それからあとだっていろんなことがあったんだから。だってそのときから結婚するまで六年もあるのよ」

美輝は井之尾が両親の出会いを聞くように言った理由が何となくわかった気がした。二人が出会うだけでもものすごい偶然が重なっている。それらすべての偶然が重なっているからこそ今の自分がいる。そのことを教えたかったのだろう。

そう考えると、自分がとても特別な存在のように思えてくる。

誰からも相手にされないちっぽけな存在ではなく、偶然に偶然が重なって生まれた奇跡の存在。

美輝はベッドに仰向《あおむ》けになり、佳代子が父の稔大と出会った頃のことを自分なりに想像していた。それら一つ一つの出来事が今の自分にとっては本当になくてはならない大切な出来事だったんだなぁと思うと、なんだか起こっているすべての出来事が大切なことのように思えてきた。

「井之尾さんの言う通りなのかもしれない……」

薄れゆく意識の中で、そんなことをぼんやりと考えたまま、美輝は眠りについた。

★

留実とは教室内で会話することはほとんどなかったが、なんだか自然と一緒に帰る仲になった。

ある日の放課後、帰りの準備をすませた留実はツカツカッと美輝のもとまで歩み寄り、

「帰ろ！」

とぶっきらぼうに言い放った。

「あ……うん」

美輝は机の中のものを投げ入れるように鞄《かばん》に入れて、あわてて帰りの支度をした。

「ねえ、美輝ちゃん。明後日《あさって》の日曜日、ひま？」

いつもはっきりものを言う留実には珍しく、なんだか美輝の様子をうかがうような

言い方だった。

「うん……一応空いてるけど……なんで？」

「バレエの発表会があるんだけど……見に来てくれるかな？」

「うん！　見に行きたい！」

「………」

「どうしたの？」

「あのね、お金がかかっちゃうんだよね……三千円なんだけど……」

「いいよ。今月まだお小遣い使ってないし」

留実は嬉しそうな顔をした。笑顔がかわいらしいことに驚いた。それまで美輝が聞いたことがない弾んだ声でバレエの発表会のたびに、それぞれがチケットを売らなきゃいけないことや、それを人に買ってもらうのが難しいという話を聞かせてくれた。

美輝はそのとき初めて留実が自分のことを友達として認めてくれた気がした。

★

日曜日は雲一つない青空だった。

電車とバスを乗り継いで隣の市のホールにやってきたときには、３月だというのに

Tシャツ一枚でも大丈夫なほどあたたかく、クリスマスに買ってもらった赤いダッフルコートを着てきたことを後悔した。重たい荷物でしかない。

受付でチケットと引き換えにパンフレットをもらった。

そこには「白石留実」の名前がしっかりあった。集合写真の中に留実を探そうとしたが、一人一人が小さくてよくわからない。いや、それ以上に誰だかわからないほど真っ白に塗られた顔に青色で大きく縁取られた目。どの顔も美輝にとっては同じに見えた。

「どうしよう。もしかしたら留実ちゃんが出てきてもわからないかもしれない」

会場の前半分にはたくさんの人が座っている。どうやら席取りをしているのだろう。留実の話だと見に来る人のほとんどは親や兄弟、それからおじいちゃんおばあちゃんで、たまに友達。純粋に一般の人なんて、まず来ないと言っていたが、前の方を陣取っている人たちはそんなところだろう。慣れた様子で開演を待ち、知り合いを見つけては話しかける彼らの様子は、家族の持つ雰囲気を十分に醸し出していた。みんなお互いに仲がいい。

美輝は最初、その中に入っていくのをためらって、客席の後ろの方にポツンと座っていたが、そこから見ている限り留実が出てきても本当に気づかないだろうと思い、席を移動した。

前から五列目までは、もう入る余地がなかったが、それよりも後ろならちらほら座れる場所がある。

まだ舞台の緞帳《どんちょう》が開いているわけでもないのに、後ろの人に迷惑にならないように腰をかがめながら椅子の間を歩き、ちょうど真ん中あたりの空席に座ろうとしたとき、後ろから声が聞こえた。

「お前、なんでここにいるの？」

美輝が座ろうとした座席のすぐ斜め後ろにいたのは石橋一樹《かずき》だった。

「えっ？　石橋くん？　どうして石橋くんがここにいるの？」

美輝は驚いて変な高い声を出した。そのことが自分でも恥ずかしくて耳が真っ赤になるのが自分でもわかった。

一樹は一年生のとき美輝と同じクラスだった。今はクラスが違う。運動神経抜群で話が面白く、おまけに勉強もできるときたら、もてないわけがない。今のクラスメイトの中でも一樹のことが好きだという女の子が何人かいるのを美輝は知っている。

彼自身は女の子と話をするのが苦手なのか、どうも避けているようで、一年生のときはどんなかわいい女の子が話しかけても冷たい返事しかしなかったように見えた。

その一樹がそこにいることにも驚いたが、自分の方から美輝に対して明るい声で話しかけてきたことの方にもっと驚きを感じた。

「俺の妹がここのバレエ教室に通ってるんだよ。今日は母さんが来られないからさ、親代わりに見に来たってわけよ」

「へえ、大変だね」

「大変？　全然大変じゃないさ。まあ見ててよ。すごくかわいいんだぜ」

美輝は自分の中の一樹のイメージと目の前の少年が言った「妹がかわいい」という言葉が一致しなくて不自然な笑顔のまま聞いた。

「妹さん何年生？」

「まだ四歳だよ」

「あ、そうなんだ。そりゃかわいいでしょうね」

「それより、そっちは？」

一樹は椅子に浅く座り直し、前の座席の背もたれの上に両手を預けるようにして顔を前に出した。一樹の顔が美輝の顔のすぐ横にきた。

美輝は鼓動が速くなるのを感じた。自分でも聞こえそうなほど大きな音を立てる心臓の音に、恥ずかしくなり、またしても耳が赤くなった。

「えっ……わたし？　ああ、私は留実ちゃんを見に来たの」

「へえ、白石と友達だったんだ。それは知らなかったな」

「最近友達になったばかりだけどね」

「あいつ、学校では友達つくろうとしていないからなぁ。バレエ教室ではキャラが全然違うんだぜ。誰とでもよく話すし、いつも冗談ばかり言って」

「本当？　あの留実ちゃんが？」

「ああ、そうだよ。俺もはじめはびっくりしたんだけど、今ではそっちのあいつの方が普通なんだろうなって思うよ。うちの妹なんかも世話になってるしね。

それにしても意外だな。那須がこんなところにいるなんてさ。てっきり今でも恵美たちとつるんでるんだと思ってたよ」

「ん……うん……」

「え、何、もしかしてケンカでもしてるの？」

「ケンカっていうか……まあ、いろいろあるのよ」

「最近あいつ荒れてるからなぁ。誰に対してもひどく攻撃的だよな。あいつの家は俺ん家《ち》の斜め前なんだ。幼なじみだから知ってるんだけど、最近あいつん家の両親が離婚しちゃったんだよね。それ以来なんだか誰にでも当たり散らしてるんだよ。まあ、だからってそんなことしていいって理由にならないのはわかってるけどさ。俺なんかは、あいつとお父さんが仲良かったってよく知ってるだけに見ていて可哀想でさ」

「そんなことがあったんだ……」

「きっとお前にもひどいこと言ってるんだろ。俺も会うたび憎まれ口だからね。でも、嫌いにならないでやってよ」

「嫌いだなんて……私……私は恵美も佳子も明美も大好きよ。みんな大好き」

それはとっさに出た。美輝はいつも頭の中で繰り返している言葉がそのまま出てしまったことでちょっと恥ずかしくなった。一樹は一瞬不思議そうな顔をしたが、すぐにっこり微笑んで話を続けた。

「お前、優しいんだな」

「そんなことないよ」という言葉が出かかったのを、美輝はぐっと飲み込んで絞り出すように「そんな風に思ってくれて、ありがとう」と言った。

その瞬間ホールにブザーが鳴り響いた。

「おっ！　始まるぞ」

幕が上がりクラシックの音楽が始まった。

左右の袖から背の高さの違うバレリーナが何人も走り出てきた瞬間に、思わず美輝は声を漏らした。

「ああ……」

「どうした？」

「どうしよう……やっぱりどれが留実ちゃんかわからない」

「ハハハ。後ろの列の左から四番目だよ。その前が俺の妹」

「ありがとう。石橋くんがいてくれて助かったわ」

留実の踊りは美輝を魅了した。

そこには学校での留実とはまったく別人の一人のバレリーナがいた。

そこにいたのは、足先から指先まで自分の意識を張り巡らし、想いを踊りで表現しようとする一人のアーティストだった。

その舞台の主役は留実ではなかったが、美輝の目には留実しか映っていなかった。

美輝は留実が自分のために一生懸命踊ってくれているような気がしてならなかった。

舞台で留実が踊り始めて二分もしないうちに、美輝はあふれる涙を止めることができなくなっていた。

★

いつもなら憂鬱《ゆううつ》な気分になる月曜日も、その日はそのときの美輝の心のように澄んだ空気に包まれた朝となった。バレエなど踊ったこともない美輝だったが、足取りが軽く、ステップらしきものを踏んだりしてみた。

学校に着いた美輝は、最近毎日やっているように廊下を歩きながら何度も自分に言い聞かせた。

「私は恵美も佳子も明美も大好き！　みんなも私のことが大好き！」

何度も言い聞かせていると、笑顔が自然になってくるから不思議である。

教室に入るとやはり三人はもうすでに揃《そろ》って何やら話をしている。一日で一番勇気がいる瞬間である。

「おはよう」

「…………」

相変わらず何の返事もない。刺すような視線を感じたがいつものことだ。それほど驚くべきことではなかった。鞄を机の上に置くと、留実の方まで歩いていった。

「おはよう留実ちゃん」

「おはよう。昨日はありがとう。せっかく来てくれたのに、あの後みんなでパーティーがあったから……」

「ううん。こちらこそありがとう。私、感動しちゃった」

留実は照れくさそうに笑った。

「とても素敵だったわよ」

「あんまり、大きな声で言わないでよ。みんなに聞こえるから」

「どうして？　とても素敵なんだからみんなに自慢してもいいことよ」

そのとき背後から明美の声が聞こえた。

「ねぇ、ねぇ、あれ見てよ恵美。なにあの話し方」

留実の顔色が変わった。美輝の横を通り過ぎて明美たちの方に歩み寄ろうという勢いだ。

留実を止めようとヒジをつかんだ瞬間だった。

「別に、いいんじゃない、いちいち人のことそうやって言わなくても」

小さい声だったがはっきりとそう言ったのは恵美だった。

美輝は驚いて恵美の方を振り返った。

その言葉に一番驚いていたのは明美だったかもしれない。先ほどまで浮かべていた薄ら笑いは一瞬にして消え失《う》せ、言葉を発することができなくなっていた。なんだか一回りも二回りも小さくなったように見えた。あの日駅前のロータリーで見た明美の姿だった。一緒にいた佳子も口を開けて恵美の方を見ている。

その会話を最後に、恵美、佳子、明美の三人は美輝に対してピタリと何も言わなくなった。背中に感じていた、刺すような視線を感じることもなくなった。かわりに不安げな表情でいつもより言葉数が多くなっている明美の姿ばかりが目立つようになった。

放課後、美輝は当然のように留実と一緒に学校を出た。

こんなに気分のいい帰り道はいつ以来だろう。

いろんな話をした。

二人は、バレエの発表会の話や、今日の学校での出来事について飽きることなく話しながら帰った。嬉しくて、楽しくて、こんな時間がずっと続けばいいなと心から思った。

発表会が終わったばかりの留実は練習がないということで、二人で公園のブランコに座り、日が暮れるまでいろんなことを話した。

次の日も、学校内で美輝が嫌な思いをすることはなかった。

「おはよう」と話しかけても返事が返ってくることはなかったが、それまでとは明らかに何かが変わった。

明美の元気がなくなったのがちょっと気にはなったが、だからといって彼女たちの仲が悪くなった様子はなかったので少し安心した。

数日前まで自分のことをひどく扱っていた彼女たちに対して、そういう思いを持つことができたのは、「私は恵美も佳子も明美も大好き！」と言い聞かせてきたからだろうか。

四時間目の国語の時間に校庭をぼんやり見つめていると井之尾の言葉が自然と思い出された。


「言葉が人生をつくる」

「井之尾さんに会いに行かなきゃ」


美輝は放課後、留実と一緒に教室を出て正門まで歩く間に伝えた。

「今日は、ちょっと帰りによるところがあるから先に帰っててくれる？」

もちろん留実は快諾してくれた。

ところが正門を出たところで一樹が二人を待っていた。いや二人ではない。美輝を待っていたのだ。

「ちょっといいかな？」

　一樹の視線の先はしっかりと美輝を見つめていた。

「ああ、そういうことなのね。そういうことならばどうぞごゆっくり」

と言いながら留実は意味深な笑顔とともに、わざとらしい忍び足でその場を後ずさりして立ち去ろうとした。

「えっ。ちょっと待ってよ。あの、違うの、違うのよ」

「いいの。いいの。わかってるから。違うのよね」

　留実は完全に誤解をしている。美輝は耳が赤くなるのがわかった。この癖は何とかならないものだろうか。言い訳をしようとしているうちに、「また、あしたね～」という言葉を残して留実は走り去っていった。


　何とも気まずい沈黙。

「ここだと、目立つからちょっと別の場所行こうか……」

「……うん……」

　昨日は留実と来た公園に今日は一樹と一緒にいる。

　数日前までは考えられないシーンが今、目の前にあることに美輝は不思議な気がしたが、それ以上に胸がドキドキした。これも止めることができない。

「ど……どうしたの……？　何か用？」

「ああ、実は恵美のことなんだ」

「恵美？」

「昨日さ、俺が妹の萌衣《めい》を連れて家に入ろうとすると恵美と偶然会って。ほら、近所じゃん、俺と恵美は。恵美は萌衣を見つけるといつも遊んでくれるんだよ。萌衣も恵美のことが好きでさ。そのときも家の前で萌衣と遊んでくれてたから、俺、お節介だと思ったんだけど、お前のこと話したんだよ」

「どんな話したの？」

「別に詳しい話じゃないよ。ただ最近仲悪いの？　ってね。そしたら、恵美は別に……って言うだけだったんだ。だから俺、お前が言ってたこと言ったんだ」

「何を言ったの？」

「那須はお前のこと大好きだって言ってたよって。そしたらしばらく何の反応もしないまま萌衣と遊んでたんだけど、ちょっと待っててって言って、恵美が自分の家に入っていって。しばらくしたら出てきたんだ。これを持って」

一樹の手には丁寧に折りたたまれた手紙が一枚あった。

「お前に渡してくれって」

「私に……？」

「自分で渡せって言ったんだけどさ……」

美輝はそれを受け取ってその場で開いた。

そこには小さな文字で、

「ごめんね。ありがとう」

とだけ書かれていた。

美輝の目から涙が流れた。

一度涙が流れ落ちるともうそれを止めることができなくなった。

その場で声をあげてしゃくり上げるように泣き始めてしまった。

一樹の前だったから我慢したかったのだが、我慢しようと思えば思うほど、涙は止めどなくあふれてきた。

あたふたしたのは一樹だった。公園にいる人や通行人はちらちら若い二人の方を見ている。立ち止まって様子をうかがっている人もいる。

知らない人が見たら一樹が切り出した別れ話に美樹が泣かされているという図になっていることに一樹も気がついている。

「おい、どうしたんだよ。泣くなよ。頼むよ」

「……うん……ゴメンね」

美輝の涙はしばらく止まらなかった。

★

翌日の放課後、美輝は今度こそ病院に向かった。

留実からは、

「ホントは石橋と待ち合わせしてるんでしょ」

と何度も冷やかされた。

そのたびに「違うって！」と言い続けたが、自分の耳は律儀にもそのたびごとに赤くなってくれる。

四日空いてしまうだけで、前に病院に訪れたのはだいぶ前だったような気がする。

道々、美輝は自分に起きた変化をどう井之尾に伝えるかを考えていた。

「井之尾さんにお礼を言わなきゃ。

井之尾さんに出会ってから、ほんの数日で私の世界は本当に大きく変わっていったわ。

教えてくれたことは、本当だった。

私の言葉が私の人生をつくっていたのね。

私が自分の中で繰り返している言葉を変えたことで、結局は恵美たちの態度だって変わった。

もし井之尾さんのアドバイスを聞いていなければ、私はあのあともずっと、恵美も佳子も明美も大嫌い！　って自分に言い聞かせていたし、みんなも私のことが嫌いなのよって言い聞かせていたはず。そうなったら、私、おそらく石橋くんにあのとき、『みんな嫌いよ！』って言ったと思うわ。

ううん。それどころか井之尾さんのおかげで石橋くんと普通に話ができるようになったのよ。留実ちゃんとも友達になれた。

でも、もとをただせば、結局全部、恵美たちと仲が悪くなったからこそ起こったことよね。

ああやって嫌な思いをしなければ、病院に行くこともなかったし、そうしたら井之尾さんとも出会うことはなかったし、出会ってなければ、自分を幸せにするものを探すなんて考えもしなかったし、自分が自分の頭の中で話している言葉が今の自分をつくっているなんて気づきもしなかった。留実ちゃんと仲良くなることもなかったし、バレエを見に行くことも、そこで石橋くんと出会うことも、仲良くなることも、恵美から手紙をもらうことも、全部なかったことなんだよね。

すごいことよね、これって、本当にすごいことだと思うわ。

私そんなことを自分で考えるようになるなんて……。

これも井之尾さんのおかげね。

お母さんからお父さんとの出会いの話を聞いたからそんなことを考えてるんだわ。

二人の出会いの、どのワンシーンが欠けても今の私は存在しないって、考えると眠れなくなっちゃって。でもそれはお父さんとお母さんだけじゃない。おじいちゃんとおばあちゃんの出会いだってそうだし……そう考えると、今の私がいるのも本当にスゴイことだなぁって思えるようになった。

同じことね。病院の屋上で井之尾さんと出会ってから、どのワンシーンが欠けても今の幸せな気分の私は存在しないわ。

ああ、今日は本当に素敵な気分。こんなに素敵な気分はいつ以来だろう。

そういえば、井之尾さんが言ってたわね。

こういう日のことを『心晴日和』って言うんだって。

美輝の晴れやかな気持ちは病室の扉の前に立った瞬間に、まったく別の感情に変わってしまった。病室前のプレートから井之尾の名前がなくなっていた。

いつも井之尾がこちらを向いて笑ってくれていたベッドは、白いシーツがはがされマットだけになっている。周囲もすっきりと整理されていた。

「そんな……」

美輝はそこに立ったまま動けなかった。

★

「間にあわんかったな」

美輝はあわてて振り返った。隣のベッドの山田という老人がカーテンから顔を覗《のぞ》かせた。

「井之尾さんは……」

「心配いらんよ。死んだわけじゃない」

「どういうこと？」

「退院しただけじゃよ。入れちがいじゃな。ほんの数分前までおったのに」

美輝は一瞬ほっとしたが、すぐまた別の感情が湧いてきた。

「そんな……もう、会えないの？」

「心配するな。これをお前さんにって預かっておるよ」

山田が差し出したのは、井之尾の住所と電話番号が書かれたメモだった。

その下に、

「困ったことがあったら、いつでも遊びに来なさいよ」

と書いてある。


ため息混じりに病室を出た美輝の足は勝手に屋上へと向かっていた。

井之尾と初めて出会った場所。


あの日と同じような青空の下。

井之尾はそこにいた。


「井之尾さん！」

「おお、来たのかい」

「もう、びっくりしたじゃない。急にいなくなるんだから」

「人はみな、急にいなくなるものじゃよ」

井之尾は笑いながら、美輝の頭をなでてくれた。

二人は青いプラスチック製のベンチに並んで腰掛けた。抜けるような青空に、小さな白い雲がいくつか浮かんでいる。それがゆっくりと風に流されているのがとても心地よさそうに見えた。

「それにしても、退院だなんて。私てっきり……」

「死を待つばかりの重病人だと思っておったんじゃろ」

「だって、そんな風に言ったのは井之尾さんよ」

「あれは、お前さんを引き留めておくための方便じゃよ」

「ウソついたの？」

「人間は生まれた瞬間からいつか死ぬことが決まっている。火がついたろうそくのようなものじゃ。そして私はもうじき八十になろうとしている。お前さんからしてみるとずいぶんと長いこと生きたように見えるかもしれんが、この年になってみるとわかる。八十年なんて過ぎてみればあっという間じゃ。そして今の私が健康であったとしても、私に残されたろうそくはそれほど長くはない。そういった意味では、まんざらウソではないじゃろ」

「そうかもしれないけど……」

美輝は何と言っていいかわからず、声が小さくなった。

井之尾はそんな美輝の様子を横目でチラッと見て、話を続けた。

「それに、お前さんが私に話しかけるのは勇気が必要だったじゃろ。同じように、私にとってもお前さんに話しかけるのは勇気がいることだったんじゃ」

「私が、あの日、ここから飛び降りちゃうと思ったんでしょ」

「いいや、思わなかった」

「じゃあ、どうして？」

「お前さんに別の世界を見せてやりたかったからじゃよ」

「そんなこと考えてくれたの井之尾さんだけよ」

「お節介だったかな？」

「ううん。そんなことないわ」

「私は、昔教師をしておった。だからお前さんがどういう気持ちでいるのかはよくわかったよ。

担任をしているクラスの中で何度も何度も人間関係のもつれからくる仲間外れやいじめを目にしてきた。

もちろんそのたびに、最善の策を考えてできる限りのことをしてきたつもりじゃが、すべての子供たちを救えたとは言い難い。実際に上手くいかずに反省、挑戦の連続じゃった。

お前さんを見ていると私はある一人の生徒を思い出して仕方がなかった。

クラスで仲がよかった友達から一人だけ仲間外れにされた女の子じゃ。中学の教室では、わかると思うが担任とはいえ、ずっと様子を見ることができるわけではない。私もそういう状態になっているということに残念ながら気がつかなかった。しかし本人は相当辛い思いをしていたらしいということを私はあとになって知った。ただ、学校を休まず来ていたし、私の前ではそういうことを感じさせないほど誰にでも明るく振る舞ういい子じゃった。

そして、その子はある日突然亡くなった」

「そんな……それほどまでに……」

「そうじゃない。交通事故じゃった。誰も予期しない出来事じゃ。

その子は日記を残しておった。その結果、たくさんの人間の人生が変わってしまった」

「そこにいじめの事実が書かれていたのね」

「いいや、それも違う。そこに書かれていたのは、『ありがとう』ばかりじゃった。

その子は『ありがとう日記』をつけておった。自分をいじめた相手にも、それに気づかなかった私にも何度もありがとうを書いておった」
「そんな……」
「その子の両親は言うまでもなく、その子を仲間外れにしていた友人たちは、ほんの数日間の『無視』のために一生おろすことのできない十字架を背負わされてしまった。誰も彼女たちを責めたりはしなかったが、彼女たちは自分のことを許せないまま生きていかざるを得なくなった。もちろん私の人生も変わった。それほどまでに多くの人を苦しめるいじめを止めることができなかった私は教師を辞めた。

私はそれ以来、あの日のお前さんのように一人ぼっちになっている若者を見るとほっとけなくなってしもうたんじゃよ」

美輝は井之尾の優しい笑顔の奥にある様々な苦しみを見た気がした。この老人は苦しみの数だけ優しくなってきたのだろう。

「でもな、私は特別な存在ではない。そういう人との出会いを求めて街を歩いてごらん。

お前さんの人生を心から応援したいと思ってくれる人との出会いは世の中にあふれておる」
「そうね、今はもうそのことがわかるわ」
「ほう」

「何もしていないから自分にとっていいことなんて起きなかったってことがわかったわ。一歩前に出る勇気がドンドン私の世界を広げていってくれるのね。ほんの四日の間に私の世界がずいぶん変わったの」

「相手にこうなってほしいと考えるのをやめて、なりたい自分に目を向けることによって人生は大きく変わっていくんじゃよ。

　人生は自分の言葉によってできているってこともわかったじゃろう。自分が自分に何度も言い聞かせている言葉によって自分の性格や可能性は創られているんじゃ。

　これからの人生、自分がなりたい自分像を何度も繰り返し口にするといい。

　自分を過小評価せず、自分にはどんなことだってできると言い聞かせ続けなさい。お前さんはその言葉通りの人間になっていくのだから」

「うん。わかったわ。それからもう一つわかったことがある」

「ほう、何かね」

「私が今この世にいることって奇跡的なことだって思えるようになったよ」

「ご両親の出会いを聞いたのかね」

「うん。すごい偶然が重なってお父さんとお母さんは出会ったのよ。でも、おじいちゃんとおばあちゃんも、ひいおじいちゃん、ひいおばあちゃんも全部すごい偶然が重なって出会ったのよね。そのすべての偶然のどれ一つが欠けても今の私は存在しない。

そう考えると、私に起こる一つ一つの出来事は本当に大切なもののように思えてきたの」

「ほう、その様子だと、学校での人間関係はもうお前さんを悩ませる種ではなくなったようじゃの」

「もう、平気。でも、ああいうことがあって本当によかったって思えるようになった」

「さては、いろんな偶然が重なった末の素敵な出会いがあったのかな？」

「そ……そんなんじゃないわ……」

「お前さん、耳が真っ赤になっておるぞ」

「うるさいなぁ」

美輝はベンチから立ち上がり、手すりの方まで走って逃げた。

井之尾はその様子を微笑みながら目で追った。

数日前、そこから見渡した世界のどこにも自分の居場所がないと感じられた場所に立ち、街を見渡してみた。

美輝には、世界は広く自分を歓迎してくれているように感じられた。

目を閉じ、大きく息を吸った。

目を開けたとき最初に飛び込んできたのは青空とそこにぽっかり浮かぶ白い雲が一

つだけだった。

美輝は振り返った。

「井之尾さんの言う通りだったわ」

「何がだね？」

「あの日が私の心晴日和になった」

二人はしばらく一緒にその場所から街を見下ろしていた。

第二部

美輝

二十八歳

「どうしてそんなことになるのか、私にわかるように説明してほしいもんだ」

藤本は、怒りに震える声を抑えようともせず、そこにいる全員に聞こえるようにそう言い放った。

部長の机の前に、呼び出された一宮と江川真美《まみ》は声も出さずに、立ちつくしている。

美輝は心配そうにその様子を見ていた。

「申し訳ありませんでした」

一宮がはっきりとした声でそう答え、直立不動だった上体をくの字に折って頭を下げた。入社一年目の真美は、その様子を見て、自分もあわてて頭を下げた。

「もういい。何でそんなことになってしまったのかよく考えろ」

藤本は、そう言い放つと、くるりと背を向けた。

一宮は頭を下げたまま動かなかった。真美はどうしていいかわからず、視線を床に落としていた。

「邪魔だから、もう自分の机に戻れ」

藤本は今まで以上に大きな声を出した。

「申し訳ありませんでした」

一宮はもう一度そう言って深々と礼をすると、踵《きびす》を返した。瞬間、隣の真美を鋭い目つきでにらみつけた。

真美も遅れて礼をし、一宮の後をついてその修羅場を去ろうとした。二人が美輝の側《そば》を通ったとき、一宮の刺すような視線がもう一度真美に突き刺さるのを、美輝は見逃さなかった。

「すみませんでした……私……」

真美の声を無視して、一宮は足早にその場を去ろうとした。

真美の今にも泣きそうな表情が美輝の目に焼き付いた。

今年に入って、会社の売り上げが大幅に落ちていた。それを何とかしようと、みなが必死なのはわかるが、藤本は美輝の目から見ても、抱え込んでいるイライラを誰かにぶつけているとしか思えない態度がここ最近多くなっている。

そういった微妙な空気はそこに働くものすべてに伝わる。誰もがやり場のない疲れを抱え、上手くいかないのを他の誰かのせいにしようとしていた。

真美は確かに要領が悪く、飲み込みも悪い。

そういうとき一人悪者扱いされるのは、そういう者だ。

一宮に限らず、他の誰もが真美と一緒に営業先を回ることを嫌がった。

「なんか、あいつがいると、いつも契約逃してるよな」

そんな声をもう、何度も耳にした。

一宮はあからさまに不愉快さを表に出した態度で、自分のデスクの前に座った。

真美は、「ちょっと、出てきます」と独り言のような力のない声を残してオフィスを出て行った。

美輝は後を追いかけた。

かける言葉を考えながら、化粧室へ行ってみたが真美はいなかった。

会社の屋上にはちょっとした庭園が造られている。きっとそこへ行ったに違いない。

美輝は階段を上り屋上に出てみた。

真美が手すりにもたれかかり、遠くを見ていた。うちひしがれた背中は今にも消えてなくなりそうなほど、弱々しく、小さな存在に見えた。

「私もあの日、こんな風に見えていたのかもしれない……」

美輝は真美の背中を昔の自分と重ねて見ていた。

★

「はいィ〜、牡蠣《かき》フライお待たせしました！」

会社帰りのＯＬ二人が来るには威勢のいい居酒屋であるが、こ洒落《じゃれ》たバーよりもこういう店の方が落ち着く。

「そんなことがあったんですね」

真美はぼんやりとグラスを見つめながら言った。

「そうよ。今の私があるのも、そのおじいちゃんのおかげなのよ」

「自分が自分にかけている言葉で、今の自分ができている……か」

「そうよ。そのことに気づいて自分にかける言葉を変え始めてから、私の周りで起こることはすべて変わり始めたのね。つまり、やっぱり自分に起こることはすべて自分がその原因をつくっていたの。だって、自分にかける言葉を変えたら、いいことばかりが起こるようになったんだから」

「私、どうして私ばっかり……って心の中で思いながら毎日過ごして……」

美輝はチラッと横目で真美のことをうかがった。

「そうじゃないかなぁって思って、役に立たないかもしれないけど、昔の私の話をしてみたんだ。私も昔そうだったからね」

「う〜ん、それにしてもやっぱり信じられないな。美輝さんにもそんな時期があったなんて」

「真美ちゃんだって、後輩からそう言われる日が、将来必ずやってくるわよ」

「私なんてとても……。梅サワーもう一つください。美輝さんも飲みますよね」

美輝はチラッと腕時計を見た。

「私は、やめとくわ」

美輝はグラスの口を手のひらで押さえた。

「どうしてですか？　いいじゃないですか」

美輝は苦笑いをしながら首を横に振った。

「明日早いから……」

先ほどの真美の様子を見るとどうしても放っておくことができなかったから食事に誘ったが、翌日のことを考えると本当は一秒でも早く家に帰りたいというのが本音だった。

「で、少しは心が晴れた？」

「ええ、少しは……でもやっぱり私、藤本部長からは嫌われてると思うんですよね」

「そんなことないわ。部長はああいう言い方の人だけど、真美ちゃんのことを特別嫌っているというわけではないのよ」

「私というより、女性の敵ですよ、部長は。だって私の知らないことばかり要求しては『そんなことも知らないのか！』ってみんなに聞こえるように怒鳴るし、この前なんて施主さんにお見せする図面以外のものも持ってきただけで『これだから女はダメだ。どうせ結婚したらやめてしまうんだったら今のうちからやめてしまえ！』って。今の時代そんなこと言う人がいること自体信じられませんよね。誰かが訴えたらあの人終わりですよ」

「訴えれば？」

「できませんよ」

「どうして？」

「だって、部長にも家族があるでしょうし、私が恨まれるのは嫌ですもん」

「だったら、あなたが変わるしかないでしょ」

「そうですけど……」

「私もはじめはそう言われ続けていたのよ」

「本当ですか？」

「本当よ。でも今では言われなくなったわ。どうしてだと思う？」

「そりゃあ、美輝さんは働く女性のお手本みたいな人だもん。文句のつけようがないじゃないですか。仕事はできる。気配りが上手。みんなから好かれてる。美輝さんが有休とった日なんて事務所は大変ですよ。あれはどこにあるんだ、あの仕事はどうなってるんだってみんな美輝さんに頼りっきりじゃないですか」

「私が、そうなれたのはさっき話した言葉のおかげよ」

「『藤本部長が大好き。藤本部長も私のことが大好き』って言い続けたんですか？」

「そうよ。他の人にもそう。たったそれだけ」

真美はちょっと不服そうにほとんど氷だけの梅サワーのグラスを傾けた。お代わりがまだ来ない。それからちょっと目線を遠くに向けてしばらく何か考えているようだった。一人で何かに納得しては、何度かうなずいている。少し酔っているようだ。

「わかりました。私もやってみます」

「うん。やってみてよ。よし！　じゃあそろそろ私、帰ろうかしら」

「ちょっと、待ってくださいよ。もっとお話ししたいことがあるんです。一番聞きたいことをまだ聞いてませんし。ここのお店のマンゴープリン美味《おい》しいんですよ。せめてマンゴーだけでも付き合ってってくださいよ。ね、ぜひぜひ！」


結局その日、美輝は真美にそれから二時間付き合わされることになった。

「女性の幸せって何か」

「どうしたら、美輝のように自立した女性になれるのか」

「女にとって成功の人生とは」

大学を卒業したばかりの真美は自分の生き方にいろんな迷いや葛藤《かっとう》を持っていた。うまくいっているときは気にならないことも、人間関係がもつれてくるとどうしようもなく湧き出てくる思いを誰かにぶつけなければ不安になるのだろう。

会社の中で、「働く女性の鏡」のように思われていた美輝はいつもそういう後輩の相談役だった。

帰り道、駅から家へと歩きながら美輝は幸せについて考えていた。

人から見れば羨ましがられる人生でも、自分の中では結構迷いが多い。男の人に負けないほど仕事ができるようになった。自立した人生を送っている。そう言われればそうなのかもしれないが、好んでそうなったわけではない。気づけばそういう人生になっていた。

真美には付き合っている彼氏がいる。結婚と仕事。自分の人生をどうするべきかの迷いが生じるのは当然だろう。

美輝にもそういう時期があった。大学時代から付き合い始めた彼氏がいたが、幸か不幸か、そろそろ結婚のことも……と考え出した頃に二人の関係は終わってしまった。今の会社に入社して二年たった頃の出来事だ。

それから出会いという出会いもないまま、仕事に没頭する日々が続いている。

美輝が前の彼氏と別れてから、同期の女の子たちの結婚ラッシュが始まった。自分もそのうちと思っているうちに、後輩の方が先に結婚するケースも増えていき、いつの間にか美輝は会社の中では「自立した女性」の代名詞のようになっていた。

「結婚か……」

星を見上げながら、ふと昔のことを思い出した。あのまま付き合いを続けていても、きっと結婚はしなかっただろう。心からそう思う。

「そんなことより、明日のことよ」

美輝は気持ちを切り替えた。

「家に帰ったら、もう一度だけ不安な箇所を復習しとかなきゃ」

美輝は二級建築士の試験を翌日に控えていた。


自分の昔の話をした後で、真美の恋愛相談を受けたからだろうか、それとも少し酔ったからだろうか。頭を試験のことに切り替えたつもりが、夜道を歩きながら考えていたのは、ここ何年も思い出すこともなかった中学時代の同級生石橋一樹のことだった。


今、思えば中学生の頃の付き合うという感覚は何だったんだろう。周りに付き合っているというカップルが何組かあったが「付き合っている」というお互いの意思の確認以外他には何もなかった。付き合うことによって人目を気にするようになる。結果として付き合う前に比べて会話も一緒の時間もグンと減る。廊下ですれ違うときもぎこちなく、会話することすらできなくなる。それでもみんな、「付き合ってる」という言葉の響きに対する憧れを抱《いだ》き続けた。

美輝も同じだった。公園で二人っきりで話をしたあの日以来、一樹のことを考えるだけで胸がドキドキしていたことだけは覚えている。一樹と付き合うことになったらどうなるだろうと想像するだけで自分の態度が妙に女らしくなるのを自分でも感じた。今となっては、それだけで幸せだった気もする。

美輝は昔の思い出にひたりながら、生暖かい風が吹く夏の夜道をゆっくりと歩いた。

「そういえば……あの頃、心に誓ったことが一つあるのを忘れていたわ……」

思わず笑みがこぼれた。

自分の将来に対する希望が不安よりも大きかった頃に立てた誓いを思い出し、美輝は世間知らずの自分を笑いたくなった。

「あの頃、私、大胆にも本を書こうって心に決めたんだったわ」

今の自分からは、到底出てこない発想に、苦笑いし、幼い頃の思い出として誰にも言わず、大切にとっておこうと思った。

「あの頃は、そんなことすらできるって信じていたのね……」

ここ何年も思い出したことのなかった出来事を、この日は鮮明に思い出すことができた。

★

「ただいま、お母さん！」

佳代子は美輝の明るい声に少し驚いた。なんだか、毎日元気がよかった小学校時代の美輝に戻ったような気がした。

「なんだか、嬉しそうね。いいことあったの？」

食事の準備をしながら、佳代子は美輝に話しかけた。

美輝は休む間もなく話し続けた。

井之尾という老人と出会ったこと。その出会いのおかげで恵美と仲直りできたこと。でも、そういう経験があったからこそ留実という新しい友達ができたこと。そして、一樹との出会い。

美輝は世の中のすべてのことが自分の人生を素晴らしくするために用意されている出来事のような気がしていた。

佳代子は、そんな娘の話を嬉しそうに聞いていた。

直接相談されなくても、自分の娘の状態はわかっているつもりだった。その娘が、抱えていた人間関係の悩みを自分の力で乗り越えた瞬間だった。

佳代子は話を聞きながら、いつの間にか強く、そして大きくなった娘の成長を感じ、涙があふれてきそうになった。

佳代子はあわてて冷蔵庫からタマネギを取り出してみじん切りを始めた。

話に夢中になっていた美輝は、佳代子が鼻をすするのを見て、ハッと我に返り、

「私も、手伝うよ」

と声をかけた。

「そう、助かるわ。今日はお父さんが珍しく早く帰ってくるっていうから、急いで夕飯の準備をしなくちゃいけないの」

「へえ、珍しいね」

「そうね。なんだかちょっと嬉しそうだったわよ。楽しみにしておけって、電話で言ってたわよ」

「何を楽しみにしておくの？」

「さあ、何でしょうね」

美輝は、どんな会話をしていてもどこか上の空だった。

今日のような最高の日は、今までに経験したことがない。

まさに、天にも昇る心地とはこのことだろう。

美輝の未来には希望の毎日が広がっていた。

そして、否定しても湧いてきてしまう、胸の奥にあるドキドキする感覚。

自分が一樹のことを好きになっているということを、美輝はこの瞬間にはっきりとわかった。

言葉に出して「好き」と言ってしまったら、きっと自分の感情を止めることができないだろう。でも、一樹に対する気持ちを抑えようとすればするほど、胸が苦しくなり、じっとしていられなくなる。思わず踊り出してしまうことすらあった。

美輝が最初に自覚した恋心だった。

美輝と佳代子が楽しそうに夕飯の支度をしているところに、稔大は帰ってきた。

「おかえりなさい」

母子は同時に言った。

「ただいま。おや、今日は美輝も手伝ってるのか」

「そうよ。お父さんが何か嬉しい報告があるって言うから、二人で夕飯をつくって待ってたのよ」

「そうかい、そうかい」

稔大は上着を脱ぎながら満足そうにうなずいた。

「で、どうしたの？」

美輝は何気なく聞いた。

「以前、今一番望むことは何かを、美輝に聞いたことがあったろ？」

美輝は思い出せなかった。

「その望みが叶うことになったよ」

「何？　どういうこと……」

「引っ越しだよ、引っ越し」

「引っ越し……？」

美輝の笑顔は一瞬のうちに消え去った。

佳代子は美輝の横顔をうかがいながら、稔大に聞いた。

「どういうことなの、あなた」

「この春から、本社に転勤になったんだ。急な出来事だけど、お父さんにとっても新しい役職で自分の可能性を伸ばすチャンスだし、美輝はとにかくこの街じゃなくて、違う街で生きていきたいと、いつも言っていただろ」

「……そんな……こと……」

「だから、数ヶ月前に転属願いを出しておいたんだよ。そしたら、それが通ってね。単なる異動じゃないぞ。昇進して部長になるんだ。もちろん給料も増えるぞ」

美輝はそこから後の話を覚えていない。

稔大はいろんなことを話したと思う。そのすべてが美輝にとってはどうでもいいことだった。自分の輝ける未来を奪われた悲しみだけが美輝の心の中を支配していた。

きっとこの知らせを二週間前に聞いていたら、世の中のすべてが明るく感じるほど喜んだことだろう。特に信じている神がいるわけでもないのに「神様ありがとう！」と天を仰いだに違いない。

そうじゃなくても、一樹に対する恋心さえ抱いていなければ、留実と離れることになってしまったとしても、せっかく仲直りした恵美と離れてしまうことになったとしても、これほどまでの失望を感じることはなかっただろう。

美輝は全身に力が入らなくなってしまった。

稔大の言葉が遠くに聞こえる。

「同じ出来事が起こっても、私が何を考えているかによって、幸せにもなるし、不幸せにもなる……のね……」

美輝はいつか井之尾から聞いた言葉を思い出していた。

まさにその通りだ。そしてこのことで誰を責めるわけにもいかない。

こうなる原因をつくったのは、他の誰でもない自分自身だった。

口癖のように、

「お父さんの仕事の都合で、引っ越しとかできればいいな」

「私、この街が嫌い。違う場所で生きていきたい」

と言い続けていたのは、美輝だった。

稔大は、その美輝の言葉を受けて、娘のために転属願いを出したに過ぎないのだ。

「起こること、すべての原因は自分にある」


この日、美輝は、井之尾が教えてくれた二つのこと、

「起こっている出来事が、幸、不幸を決めているのではない」

「起こることすべての原因は自分にある」

これらのことを、同時に心から納得させられることになった。


美輝は自分の部屋に戻り、力無くベッドに倒れ込んだ。


ようやく見つけた本当の友達との別れ。その人のことを考えるだけで胸が締め付けられるほど好きだと思えた初めての人との別れ。

そうして、新しい世界へと入っていく自分。

美輝は、できるだけ前向きにとらえようとした。たくさんの新しい出会いがきっと今の自分が想像もできないほど素敵な毎日をつくり出すことになるだろう。

きっとそうすることができるという自信もあった。

それでも、流れてくる涙を止めることはできず、布団を頭からかぶった。

★

目が覚めたときから梅雨の重たい雨が路面を叩く音が聞こえていた。

いつもと同じ時間帯ではあるが、日曜日の電車というのはそれほど混雑していない。座ることはできなかったが、立ったままで本を開くことはできた。

最後の復習をしておこうと鞄からテキストを取り出そうとすると、自分の周りにいる人がみな同じ場所を目指していることに気がついた。

「みんな受験しに行く人だ……」

何となく緊張感が増す。胸の辺りが苦しくなった。

目的の駅で降りると、大学行きのバス停は列をなして人が待っている。美輝はその最後尾に並んだ。やってきた一台目のバスに乗ることはできなかったが、二台目のバスに乗って座ることができた。

それにしてもこの夏の真っ只中に、朝とはいえこれだけ多くの人が乗ると息が詰まる。

おまけに雨に濡れた洋服と汗の臭《にお》いが混ざった何とも言えない臭いが、空気に色がついているような気にさせた。なんだか緊張感と人いきれで呼吸が苦しい。

隣の男性は涼しい顔をして、窓の外を見ている。

いったいどうしたら、こんな蒸し風呂のようなバスの中で涼しい顔をしていられるのか、そう考えると余計に美輝は息が苦しくなり、何度も大きく深呼吸した。吸っても吸っても酸素が足りない気がする。

耳鳴りが聞こえ……

意識が遠くなった。

「あれ、これ……やばいかも……」


意識が戻ったり、なくなったりを何度か繰り返したようだが、自分でもよく覚えていない。なんだか空が見えたり、誰かの背中が見えたり、毛布のようなものをかけてくれた人がいたような気がする。

はっきりと意識が戻って目を開けたとき、目の前には低い天井と、ヘルメットをかぶった知らない男の人の顔が見えた。そこが救急車の中だと気がつくのにしばらく時間がかかった。

何も考えることができず、もう一度目を閉じた。

薄れていく意識の中でもう一人、意外な人が目に入ってきた。

「あれ、あの人も、ここにいる……。さっきは青いシャツだったのに、白のTシャツで……」

美輝はまた深い眠りに落ちていった。ヘルメットをかぶった男性の隣には、先ほど見た涼しい顔の男の人が揺られながら、車の後方の窓から先ほどと同じように、外をぼんやりと見つめていた。

「どうしてあの人が……」

美輝は再び意識を失った。

★

学校はすでに春休みに入っていた。

美輝は受話器を取った。ダイヤルを押す指がかすかに震えた。

自分から男の子の家に電話をするのは初めての経験だった。誰が出るのかドキドキしながら、電話の受話器から聞こえる「トゥルルルル……」という音を聞いていると、自分の心臓が口から出そうになるほど緊張した。これが恋の告白の電話ならどれほど嬉しいだろう。いや、そういうことが目的なら電話をする勇気すら持つことができないままになってしまうだろう。

「はい、石橋です」

幸い出たのは一樹だった。

「石橋くん……？」

「うん、えっ……もしかして、那須？」

「そう……」

「ど、どうしたの……急に電話なんて……」

一樹の声がいつもよりうわずっているのがわかる。

「あのね。話したいことがあるの……。今から会えるかな？」

「う、うん。……ああ、大丈夫だよ」

「じゃあ、一時間後に、この前の公園に来てくれる？」

「わかった。じゃあ、あとで……」

美輝は受話器を置いた。

自分のかけた電話が別の用件なら、この記念すべき日を一生忘れることができない素敵な思い出にできただろうと思った。でも、これから一樹に伝えなければならないことを考えるとため息しか出なかった。

それでも自分の部屋に向かいながら考えていたことは、どの服を着ていくのが一番かわいく見えるかということだった。

公園に着いたときには一樹がもう先に来ていた。

三月後半にしては、暑すぎるほどの陽気で、上着を自転車のかごに入れてTシャツ一枚の姿で自転車のサドルにまたがっていた。

「ごめんね……待った？」

「ううん……今、来たところ」

公園には人気《ひとけ》がなく、そのことが美輝の気を少し重くした。自然と二人の空気が重くなる。こういうときには、多少騒がしいくらいの方がありがたいものだ。

「あっちで話そうか」

「うん」

一樹が指さしたのはブランコの方だった。

二人は横に並んだブランコに同じ方向を向いて座り、揺られ始めた。

美輝が、かける言葉を探しているうちに時間だけが過ぎていった。

それほど長い時間ではなかっただろうが、二人にとってはかなりの時間が過ぎているように感じた。

美輝は、好きな人と一緒に二人きりでいられるこの時間が少しでも長くなれば嬉しいのに、という想いと、遠くに引っ越すことになったということを伝えなければならないという二つの矛盾した想いの板挟みになっていた。

それでも、これ以上の沈黙には美輝も耐えられそうになかった。

美輝が勇気を振り絞って話しかけようとしたとき、その勇気を奪うような考えがふと頭をよぎった。

「そもそも、自分の気持ちを伝えたわけでもないし、付き合っているわけでもないのに、私、遠くに引っ越すことになったんだって告白しても、『だから何？　どうして、わざわざ俺に報告する必要があるの？』って言われてしまうんじゃないかしら……」

美輝は余計に重い気持ちになり、口を開くことができなくなってしまった。

その重い空気を振り払うように、一樹は急にブランコを激しくこぎ始めた。

そして、ブランコの揺れに合わせて一番高いところに来るたびに何かを振り切るように大きな声を出して話し始めた。

「お前さあ……

話があって……

俺を呼んだんだろうけど……

言いにくそうだから……

俺から言った方がいいかなって……

思うんだけど……

やっぱり……
こういうことって……
男の方が……
先にっていうか……」

美輝は身体が硬直して動けなくなった。視線は前に向けられ一樹の方を向くことができなくなってしまった。心の中では「どうして先に言わないの……」という叱責《しっせき》が何度も繰り返されているのだが、ドキドキするばかりで声を出すことすらできなかった。

美輝は強く目を閉じた。

「俺……
お前のこと……
……
好きだよ……
……
よかったら……

付き合ってくれないかな……」

美輝は身体が震えるのを感じた。

美輝にとっては一番聞きたくて、そして一番聞きたくない言葉だった。

どうすることもできず、涙があふれ出た。

止めようとすればするほど、しゃくり上げるように涙があふれ出た。

一樹はあわててブランコを止めた。

「どうした……あの……嫌なら別にいいんだぞ……いや、あの……泣かせるつもりはなくて……」

一樹は近寄ることも、なぐさめることもできず、その様子を見守るしかなかった。

時折、小声で、

「大丈夫……?」

と聞くぐらいしかできなかった。

一樹にとって、この公園はそういう場所なのだろう。立ちつくしているところに、近所の若奥さん数人が子供たちをつれて公園に入ってきた。

みな一様に、ちらちら二人の様子を見ては笑みを浮かべていた。

美輝は、ちゃんと説明しなきゃと思いながらも、声を出そうとすると、しゃくり上げる嗚咽《おえつ》で話すことができなかった。

「石橋くん……ごべんだだい」

と言葉にならない声を残し、その場を走り去ってしまった。

十四歳の美輝にはこれが精一杯の説明だった。

公園に一人残された一樹は、自分にとっての初めての告白が上手くいかなかったという事実を飲み込もうとしていた。力無く自転車にまたがった一樹はブランコの方を振り返りながら思った。

「あいつ……何を話したかったんだろう……」

★

救急車が病院に着いたとき、美輝は完全に目が覚めた。

担架が車から降ろされ、病院の中へと運ばれた。後ろから、先ほどの男がついてくる。手に持たれた青いシャツが洗濯した後のように固く絞られているのを見て、美輝は自分の意識がないところで何が起こったのか何となく想像がついた。

どうしていいかわからず、もう一度目を閉じた。

今は何も考えずに、揺られていることしかできないのだからと開き直った。

診察を終え、点滴をしているときに、その男が病室に入ってきた。

「大丈夫？」

「ええ。……あの、わたし……ごめんなさい。覚えてないけど、あなたの洋服に……」

「ああ、これね。いいんだよ。洗ったし」

美輝は恥ずかしくて何も言えなくなった。

「先生から聞いたよ。軽い食中毒らしいね。昨日牡蠣食べたんだって。無茶だよ、この季節に牡蠣なんて」

「何も考えずに……」

美輝は申し訳なさそうに目をそらした。

「おまけにその後マンゴープリンどっさりでしょ。暑いところでとれる食べ物は身体を冷やすからね。その上、ほとんど寝てないんだって？」

「はい……。最後の確認をしてたら、眠れなくなっちゃって」

「まあ、年に一度しかない試験だから気持ちはわかるけど」

「無理がたたったみたいです……」

美輝はため息をつきながらその男を見上げた。その男は笑っていた。

その笑顔を見て美輝は我に返った。

「ちょっと待って。年に一度しかない試験って知ってるってことは、あなたも試験を受ける予定だったんじゃないんですか？」

「俺の場合は、記念受験だからいいんだよ」

「そんな……」

「いや、ホントに、まったく勉強していなかったから、どうせ受けても受からなかったしね。それよりあんたみたいな美人に寄りかかられて、こうやって出会えたわけだから、そっちの方が俺にとっては嬉しい出来事だね。まあ、気にしないでよ」

「気にするなって言われても、どうしよう、私。とんでもないことやっちゃった」

「ホントに気にしないでよ。そうだな、一度食事でもおごってくれればそれでいいよ」

美輝はその後何度謝ったかわからない。

そのたびに、その男は笑いながら「いいよ、いいよ」と言うばかりだった。

「お名前、教えてもらえますか？」

「金山康成《かなやまやすなり》。よろしくね」

美輝は金山が差し出す名刺を点滴がささっていない方の手で受け取った。

金山材木店専務取締役

肩書きがそうなっている。年の頃は美輝と同じかちょっと上という感じだ。

「今日は運命的な出会いがあった。なんだかドラマみたいだね。いやぁ俺の人生最高の日だねぇ」

そう言いながら病室から出て行った。

美輝の身体は睡眠を欲していた。

「最悪……」

薄れゆく意識の中でその言葉が浮かんだ。

自分の人生計画が大きく狂ったのは間違いない。でも、見ず知らずの人の人生すら変えてしまったかもしれない。

いろんなことを一度に受け入れなければならないのはわかるが、気持ちの整理がつかない。今の美輝にできることはすべてを放棄して寝ることだけだった。

「明日考えよう……」

★

翌朝、目覚めたとき雨は降っていなかった。

梅雨の中休みというのだろう。朝から真夏のような陽気になった。

美輝は入院を必要としなかったので、点滴後しばらくベッドで休んでから家に帰った。

いつもより遅めに目を覚まし、会社に休むという旨だけ電話で伝えて、ベッドに横になったたままでいた。

具合が悪かったわけではない。ベッドから出る気になれなかった。

思い描いていた、「働く女性としての幸せな人生」が自分の手からすり抜けていくような気がして、力が抜けていくのがわかった。

一年前は自分の甘さを痛感した。大学受験の経験から独学で何とか合格できるだろうと思っていたが、働きながら休みの日に資格のための勉強をする難しさを痛感した。

この一年はその反省を活かし、高い授業料を払って学校にまで通った。

今年は少なからず合格する自信があった。それなのにこんなことになるなんて……。気持ちをすぐに切り替えて「また来年、頑張ろう！」という気持ちには、今は到底なれなかった。

「はあ……」

ため息ばかりがあふれてくる。

建築士の資格を手に入れることは美輝にとって、自分の人生設計を考える上で欠くことのできない要素になっていた。今の会社に居続けるとしても、資格があるかないかは給与や出世の面で大きな違いがある。結婚をして子供ができて会社を辞めるにしても、転職するにしても建築士の資格があればいろんな面で有利なのは間違いない。女性が一人でも生きていく術《すべ》を手に入れるのは、美輝にとって大切なことだった。結婚を諦めたわけではない。いつかは自分もしたいと思う。でも、そういう相手が見つかったときにも自分一人の力で生きていくことができなければいけない。理由はわからないがそんな気がするのだ。つまり、女一人で生きていく覚悟をしていたわけではないが、一人ででも生きていけるようにはしておこうとは思っていた。

今の時代、離婚も頻繁に起こる。自分一人で子供を育てなければならない状況になったとき、それを支える手段があるかないかというのは大きな違いとなるだろう。現に中学時代の同級生、恵美はシングルマザーになってしまったが、美容師としての仕事も順調で見ていて毎日幸せそうである。手に職がある女性の強みを美輝は身近で感じていた。

万が一の備えというわけでもないが、美輝にとって、この二級建築士の試験に合格することは自分の人生に大きな安心をもたらす保険のようなものでもあった。

まあ、将来を考えるような相手がいない今だからこそ、そういう資格のための勉強に打ち込むチャンスだったとも言える。

「これにさえ合格したら、私の人生、あとはどんな展開でも何とかなりそうだ……」

出会いのチャンスなど見向きもせず、時間さえあれば家で勉強する毎日を美輝は送っていた。

「この試験に合格したら、相手探しにもちょっとは真剣になろうかな……」

と思っていなかったといえばウソになる。

とにかく、すべての鍵はこの資格試験の合格にかかっていた。それくらい、美輝は自分の今後の人生設計を建築士の資格を基準に考えていたのだ。


ところが、受験することすらできず、運命の日は過ぎてしまった。

頭の中が真っ白になり、この先どうしていこうということを考えることすらできない。

ただ、ため息ばかりが出た。

そして、頭の中では自分のこと以上に気になることが、何度も繰り返し思い出されていた。


何度か寝返りを打ちながら天井や壁を見るともなく見つめていたが、やがてゆっくりと起きあがり、机の方へと歩いていった。

ライティングデスクの上には、財布や定期入れなど、いつもの場所にいつも身につけるものを並べておくのが習慣だったが、その財布の上に一枚の名刺が置いてある。

美輝はこの名刺の主のことがどうしても気になった。

もちろん昨日の出来事によって自分の人生の計画は大きく狂ってしまった。

幸せの人生を手に入れるために努力をしてきた日々が無駄になってしまったことに、激しく落胆はした。でもそれはこの名刺の主、金山にしても同じことだろう。ところが彼は極めて明るく振る舞い、そして帰っていった。

美輝は金山というその男のことばかりが気になっていた。

★

名刺に書いてある住所に到着したのは、ちょうどお昼時だった。

事務所は片側二車線の大通りと平行に走っている旧道ぞいにあった。一本入るだけで人通りがほとんどなくなる。通りは地元の人間ばかりが利用する抜け道になっているのだろう。何台もの車が途中の信号も何もない場所で同じ方向に曲がっていく。

材木が立てかけられている倉庫の隣が事務所になっている。

（なんて声をかけよう……）

美輝はそこへ来てはじめて、何を話したらいいかをまったく考えていない自分に気がついた。

思えば会う時間があるかどうかの確認もしないまま、来てしまった。

（こんなところでモジモジしてても仕方ないもんね）

自分を励ますようにそう言い聞かせながら、事務所に近づいていった。

（はあ、それにしても気が重いなぁ……）

入り口から中を覗いて見ると、金山が電話をしているのが見えた。

金山は美輝の様子に気づくと、受話器を片手に相手と話をしながら、軽く会釈をし、手招きした。

美輝は会釈だけして、電話が終わるのを外で待とうとしたが、先ほど以上に大きく何度も手招きをされるので、中に入らざるをえなくなった。

「失礼します……」

誰にも聞こえない声で、そうつぶやきながらガラスの引き戸を開けた。

入るなり、金山は話をしながら、美輝に大きな団扇《うちわ》を手渡した。

「やめときな。そこはケチるところじゃないよ。そこで値切って交渉が成立したところで、その分のしわ寄せは大工さんにいくんだよ。そしたら大工さんは材料代をケチるしかなくなるだろ。一生もんの買い物なんだから、見栄えが良ければそれでいいなんてわけにはいかないだろ」

金山は子機を片手にそんな話をしながら、席を立ち、冷蔵庫からアイスコーヒーを取り出し、美輝のために氷まで入れたコップに注いで、出してくれた。

「どうも……」

小さく礼を言い、応接用のソファに腰掛けた。

静かに団扇を仰ぐと、汗が引いていくのがわかる。見かけによらず気が利く金山に感心した。

　雑然とした事務所には、普段、美輝の職場でも見慣れたカタログが所狭しと並んでいる。美輝はそれを物珍しそうに眺めていた。材木屋の仕事は材木を売ることだけだと思っていたがそうじゃないらしい。

　視線を金山の方に移した。

　日焼けした顔に、大きな背中。

　思えば美輝は、このとき初めて金山のことをよく見たと言える。

　背が高く、彫りの深い南国系の顔。常に笑顔を絶やさず話をする目の前の男に美輝は今まで自分が出会った誰とも違う雰囲気を感じていた。

「だから、考え方が逆だよ。三千万も払って一生の買い物をするのに、すぐダメになるものを買っちゃダメだろ。数百万高くなってもいいから本当に一生住める家を造りなよ。そこで値切っても十年後には修理に数百万とられることになるよ。まあ、とにかくそれ以上安くしたいと思うんだったら建て替えそのものを諦めた方がいいよ。……うん。……ああ、また電話ちょうだいよ。……ハイハイ。……どうも」

　電話が終わると同時に美輝は立ち上がった。

「あの……」

「昨日はどうも。もういいの？」

「おかげさまで……、お邪魔してごめんなさい。すぐ帰ります」

「ああ、気にしないで、仕事の電話じゃないから。友達が建て替えを考えててね、二世帯住宅にしたいって言うんだよ。いろいろ相談に乗ってるんだ。素人《しろうと》だから安い方がいいと思ってるんだよね」

「そうなんですね」

美輝は当たり障りのない返事をして、手提げの紙袋から来る途中に買ってきたお菓子を取り出した。

「昨日は本当にありがとうございました。なんてお詫びしたらいいか……」

「もうその話はいいって。昨日も言ったけど大して勉強なんてしてなかったし、記念受験だから、俺の場合は。それよりそっちは本気だったんだろ。前の日、寝ずに勉強するほどだからね。まあ、来年頑張りなよ。これで終わりってわけじゃないだろう」

「そう言われても、私、なんてお詫びしたらいいか」

「やめなよ。試験に行こうと思ったら行けたのを、これ幸いとばかりにバスを一緒に降りたのは俺が自分で決めたことなんだから。君のせいじゃないよ。行けなかったんじゃなくて行かなかったの。わかる？」

「……でも……」

「じゃあ、俺おなかが空いたからお昼をごちそうしてよ。ちょうどお昼時だし。それでチャラってことで」

　美輝は納得できるわけもないが、申し出を断るわけにもいかず、渋々とりあえずは食事をおごるということで、出かけた。

「事務所は開けておいていいんですか？」

「大丈夫だよ。どうせ知ってる人しか来ないから、いないときには携帯にかけてくるよ」

　二人は金山の事務所から歩いて五分ほどの場所にあるイタリア料理屋に入っていった。

　金山は、こんなにきれいな店だとは知らなかったと単純に喜んでいるが、職業柄だろうか、むき出しになった梁《はり》や、外壁用のパネルを内壁に使っている様子を見て、それに触れては「へぇ〜」「ふ〜ん」と一人で納得している様子だった。

　美輝は、その様子を何の違和感もなく見ていたのだが、そのうち、あることに気づいた。

（あれっ……ってことは、私のために普段は来ることのないお店につれてきてくれたんだ……）

金山は気さくな好青年だった。

店の中で使われている柱や壁の話、出てくる料理についての話など、話題に事欠かない。

料理が出てくるたびに、話が出てくる。

元々の性格がそうなのかとも思ったが、初対面で話をすることがあまり得意ではないのは美輝だけではなく、金山も同じなのかもしれないとも思った。

モッツァレラとトマトのカプレーゼをウェイトレスが持ってきてくれたときも、

「トマトは、初めて出てきた芽がすでにトマトの匂いがするのを知ってる？」

と、こんな調子だ。

なんだか必死で会話をつなごうとしているようで、大きな身体に似合わずかわいらしい。

美輝は目の前の男性に好感を持ち始めている自分に気がついた。

(この人の話は、今私の周りにいる人からは聞けないことばかりだけど、何だろう……すごく、一緒にいて落ち着く気がする……)

「いろいろご存じなんですね」

「自然とそうなっていったんだよ。俺もこれほどまでにいろんなことに詳しくなるなんて思ってもみなかったけど。出会いだね」

「出会い？」

「そう、出会い。出会いってホントにすごい偶然が重なって起こるだろ。昔からきっとこれには何か意味があると思って生きてきたんだよ」

（この人、私と同じだ）

　美輝は驚きで目が大きく開いた。

「そうやって出会う人からいろんなことを学んでいったら、自然と今の自分になっていたんだよね」

「それは、誰かに教わったんですか？」

「別に教わったわけではないよ。自然とそう思うようになっていったのかな。今回試験を受けることになったのもそういう成り行きが重なってね」

「そうそう、私知らなかったんですけど、材木屋さんも建築士の資格が必要なんですか？」

「別に必要ってわけではないよ」

「それなのに、試験を受けようと思われたんですよね」

「そうだね、いろんなことを知ってしまったからね」

「知ってしまった……？」

「そう、知らないで生きてきた大切なことを知ってしまったときから人生は変わってしまうんだよ」

「どんなこと？」

「あっ……聞いたね？　知らない方がいいことかもしれないよ」

金山が前に乗り出してきたので、一瞬、美輝は身を引いた。

金山の見開いた目が、とてもキラキラしている。なんだか吸い込まれそうな気がした。

「そんな言い方されると、逆に聞きたくなるわ。どうしても教えてください」

美輝は辛うじて即答した。

「ハハハ、案外気が強いね。要するに、どんな仕事からでも世界を見ることはできるということだよ。要はそれをやろうとするかしないかだけの問題だ。俺は材木屋という仕事から世界を見たってわけ。そうすると自分がやらなければならないことが見えてしまったんだね」

「自分の仕事から世界を見る……ですか……？」

「俺は材木屋の跡取りなんだ。うちの親父《おやじ》とお袋が頑張ってやってきたこの金山材木店の未来を任されたっていうわけ。ところが、今の時代、うちのような小さな会社が生きていくのは大変なんだ。

世の中、何でも大きな会社が信用されるようになってしまったからね。家を建てるのも、改築するのも、町の工務店じゃなく、全国規模の大手建設会社に頼まないとかっこいい家ができないと思ってる。それどころか、テレビでコマーシャルをしているような大きな会社に頼まなければ、家自体、造れないとすら思ってる。でも、同じ金額を払っても、大手で頼むより、個人でやってるところに頼んだ方が、いい材料でしっかりした家ができることが多いんだ。でも、みんなそれを考えないんだよね。莫大な広告費だって費用の中に含まれているって考えればすぐわかるはずなんだけどね」

美輝は聞きながら、苦笑いをした。自分の勤め先は、金山のいうところの「大手」だ。

「そうなると、地元の大工さんは仕事がなくなる。仕事がなくなると生きていけないから大手から降りてくる仕事を引き受けるようになる。ところが大手のとる仲介料は大きい。結果として、当然大工さんの日当は少なくなる。少なくなっても仕事がないよりはマシだから安い値段で引き受ける。

ところが利益を出すためにはどこかを切りつめなければならない。どこになるかわかるかい？」

「材料費ね」

「そう。さすが建築士の勉強をしているだけある。ちゃんとわかってるね。うちのように小さな材木屋は、大手からの受注が降りてきたりしないんだよ。付き合いのある大工さんが材料費も含めて仕事を頼まれるときとかに大手の仕事に関わることができるんだ。

そのとき、俺たち材木屋は大工さんが安い材木ばかりを注文するようになるのを目《ま》の当たりにする。当然俺たちの会社で仕入れる材木は安い材木になる。するとどうなるかわかるかい？　おのずと需要は輸入材に偏っていく。そうなるとこの国の林業はどうなると思う？」

「やっていけなくなるわ……」

「そう。林業を担う次の世代が育っていかなくなる。それだけじゃない。大工さんも弟子をとって仕事を仕込みたくても大手からの依頼に頼らざるをえない状況だと弟子をとることもできない。腕のいい職人がドンドン少なくなっていくのが現状だよ。そうなると新しい世代も大手の息のかかった会社にしか育たなくなる。悪循環を起こす」

「でも、今の時代そういう流れになってしまうのは仕方がないわ」

「俺も、はじめは仕方がないと思っていた。でも、その結果何が残ったか知っているかい」

「わからないわ」

「放置人工林」

「放置人工林？」

「そう。国はできる限り安価な材木を提供するために、戦後とにかく自然の山を切り開き、杉や檜《ひのき》を植えてきた。自然の景色だとみんなが思っているこのあたりの山の90%が人工林だと知っているかい？」

「90%も？」

「そうだよ。俺はそれを知ってしまったんだよ。誰も手入れすることができなくなってしまった人工林は材木として価値がないだけではなく、動物が生きていくための木の実もないし、すみかとなる場所もない。山に保水力がなく、土砂災害が起こりやすい。餌を失った動物たちは危険を承知で人里に降りてくる……」

「森がなくなっているということですよね」

「そう。もっともっと調べていけばわかる。結局、すべての動物が生きていけない環境で、人間だけが生きていけるはずがないってことがね。だから、何かしようと思ってね」

「地球環境まで考えているんですか」

「みんな、今のままじゃダメだってわかってるけど、それはそれとして誰かが何とかするだろうって思っているよね。怖いから目をつぶるというか。まずはお金を稼いで自分が生きていくことが先決だから、そういうことは考えようとしないというか。俺もそうだったんだけどね、自分の周りにいる人を幸せにするためにも何か始めないといけなくなったんだよ。時代のせいにしたり、社会のせいにして文句ばかり言っても、何も変わらないからね。それに、このまま黙って何もしないでいると、仕事そのものがなくなってしまうのは目に見えてるんだ。で、勉強し始めたら、自分が考えている夢が現実になったら、いろんな人を幸せにできるんじゃないかって気づいたんだよね。

大工さんも仕事が増える。利益が増えたら材料費をケチる必要だってなくなる。国産の木材の需要が増える。日本の家には日本の木がいいんだ。その土地の虫や気候に強いことがわかっているわけだから。そうすれば施主さんだっていい家に住める。そうやってみんなに利益が生まれたら、必要なくなった放置人工林を森に戻す活動だってできる。目指すは、人にも自然にも動物にも優しい材木屋。そして、こんな小さな材木屋が中心となって、今の世の中のシステムを変えるんだ。まあ、壮大な夢だけど、誰かがやらなきゃいけないんだから、その誰かに自分がなろうかなと思ってさ」

「それで、試験を……」

「まずは、材木屋なんだけどちゃんと設計もできるという状態をつくるところから始めてみようかなと思ってね。そうすれば、自分のところの材木を使った仕事を自分たちでとることができるようになるだろうし、付き合いのある大工さんに、仕事を卸すこともできる。まあ、勉強を始めてみたはいいけど、いざやってみると難しいね。数年計画でやらないと俺みたいに頭が悪いやつはダメだわ。ハハハハハ」

「…………」

声をあげて笑う金山を見ながら、美輝は衝撃を受け、言葉が出てこなかった。

（私とは試験を受けようと思った動機があまりにも違いすぎるわ。……私、この人に自分の動機を説明できない……）

美輝はそれまで成功とは何か、幸せとは何かという質問に対して、真摯《しんし》に向き合ってきたつもりだった。中学時代の井之尾という老人との出会い以来、自分に起こるすべての出来事を自分の人生に必要なものだと考え、どんなに辛いときでも、一歩前に出る勇気を持って生きてきた。そして、今では会社の中では一目置かれる存在にまでなった。

それだけに止《とど》まらず、建築士の資格を手に入れれば、一人の女性として社会的に認められる存在になるだろう。資格さえ手に入れれば、結婚して職を離れても、子育てが一段落してから復職しやすくなるだろう。自分の考える成功の人生は約束されたものになるだろう。そう思っていた。建築士の資格試験はその最後の仕上げだと思って周到な準備をしてきた。

ところが今、目の前にいる人は、まったく違う目的のために同じ試験を受験しようとしていた。


（私、自分が幸せになることばかりを考えて試験を受けようとしていた。合格できたら、周りの人たちから尊敬されるだろう。職に困ることもなくなるだろう。そうなると人生安泰だなんてことばかり……）


美輝は自分がとても小さい存在のように思えて、目を伏せた。

（この人は私とは違う。自分のためじゃない。ご両親のために、施主さんのために、お付き合いがある大工さんのために、それだけじゃない電機屋さんや内装屋さん、林業の方、そして山の動物や地球環境。それらすべての命のために試験を受けようとしている）

美輝は涙が出てきた。

（それらすべての人の夢を私は奪ったんだ）

「えっ、どうしたの。全然泣くところじゃないでしょ」

「どうして、私をほっといて受験しなかったんですか！　金山さんにはその人たちすべての夢がかかっているんでしょ」

「俺がやろうとしていることは、資格がなければできないことではないからね。そんな資格なんてなくても、俺の考えをわかってもらえるように仕事を続けていけばいいだけだから。今できることを必死でやっていけば必ず必要なときに必要な出会いが与えられるように俺の人生はできているんだよ。

それに、やろうと思っていたことは、建築士の勉強だけじゃない。他にもいろんなことを習得しなきゃいけない。例えば、インターネット上にホームページをつくって、そこから仕事をとれるようにしたりね。実は、今はそっちの勉強にばかり力を入れていたから、建築士の勉強はほとんどしていなかったんだ。まあ、そんなこともあって、試験は今年じゃなくてもいいんだよ。

　昨日のバスでは、君と出会ったのが俺には運命だって思えたんだ。あのとき君を一人でおろすことができないのは誰もがわかっていた。だから隣に座っていた俺がその役目をするのは当然だった。周りの人は、気の毒そうに俺のことを見たと思うかい？　みんな、申し訳なさそうに俺のことを見ていたよ。もしあのとき俺も知らん顔したら、本当に困った人を前に自分のことだけを考えて逃げたという記憶になる。その記憶が一生残ることの方が、俺にとっては耐えられないことだ。みんなそれをわかっているから俺に申し訳なさそうな顔をしたんだと思うよ。

俺はそれだけで十分嬉しかった。ああ、こういう日なんだなって思えたよ。ほら、こうやってまた会って、美人さんと食事ができたし。この出会いには俺にとって意味があるんだよ」


美輝は、流れる涙を止めることができなかった。


自分は、自分を磨く努力を続けていけば成功者になれると思っていた。人からすごいと思われること、男性と同等の価値を自分が持つことが、女性として自立しているということだと思っていた。

そして今の自分の住んでいる世界の中では、一件でも多くの契約をとる能力が何よりも重要視され、そのためには安くできるところは安くするという施主の要望に応えて仕事をとっては工務店に卸すという毎日を美輝は送ってきたのだ。その陰で様々な問題が起こっていることには関心すら示さずにここまで来た。

その事実に美輝は胸が締め付けられる思いがした。

（私、何してきたんだろう……）

余計に落ち込んでいる美輝の様子を見て、金山は必死になって言葉を繫《つな》いだ。

「それに、俺はね、自分に起こっていることはすべて自分が原因で起こっているって思って生きているんだ」

美輝は後ろから背中をどんと平手で叩かれたような衝撃を感じて、思わず顔を上げて、金山の目をじっと見つめた。

驚いた金山は、

「おおっ」

と小さな声を出しながら、後ろにのけぞるそぶりを見せた。

「目の色が変わったね」

金山は少し微笑みながら、もう一度身体を乗り出してきた。美輝はハッと我に返って表情をゆるめた。

「ごめんなさい。ちょっとびっくりして」

「どうして？」

「昔、同じことを教えてくれた人がいたから……」

「そうかい。俺は本当にそう思うんだ。だから、今回のことも、君が悪いんじゃなくて、こうなる原因が俺の中に元々あったんだよ。それにね、いい言葉を教えてあげるよ。

『事実は一つ、解釈は無限』

起こっていることは、変えようのないことだけど、それが自分の人生にとって何を意味するかという解釈は自分で決めていいんだよ。君が倒れて、二人とも試験を受けなかったというのが事実だけど、それが何を意味するかというと、実は二人にとってとんでもない幸せな人生の始まりかもしれないじゃない」

金山は、そう言い終わるとなんだか恥ずかしそうなそぶりを見せた。

「いや、とにかくね、君のせいじゃないから。君のせいだなんてかけらも思っていない……わかる？　大手や社会のせいでもない」

金山は美輝を覗き込むように見た。泣いていたかと思うと、急に強い目で見つめてくる。金山は少しとまどったが、その気持ちを隠そうとせず、とまどいの表情のまま美輝に聞いた。

「大丈夫……？」

美輝は我に返った。

「……え、ええ……ごめんなさい。もう大丈夫です」

「ホントに？　まあ、俺のことは全然気にしなくていいから」

「金山さん。本当にありがとうございます。金山さんにとってはどうかわかりませんが、私にとっては、本当に運命的な出会いになったと思います」

金山は恥ずかしそうに、頭をかいた。

「そ……そう？　そりゃ、よかった。じゃあ……その……また、一緒に食事でも……どう？」

美輝は表情を硬くした。

あわてて金山は言葉を続けた。

「いや、あの、そうすれば、俺にとっても、もっと運命的な出会いになるかなぁって思っただけで……嫌なら全然」

美輝は何度か首を振って大きく息を吸ってから言葉をはき出した。

「違うんです。私、森本工務店に勤めています。今のあなたのお話を聞いてて私、そういう大工さんや材木屋さん、施主さんの事情を薄々感じていたけど、気づかないふりをしていたというか、自分のことしか、自分の人生をよりよくすることしか考えていなかったというか……」

「知ってたよ」

「え？」

「森本工務店に勤めているのは知ってたよ」

「どうして？」

「試験会場に向かうバスで、君がバッグから取り出したのは、森本工務店さんのクリアファイルに挟まったレポート用紙だったからね。俺は大手が悪いなんて一言も言っていないよ」

「でも……」

「実際に立場が逆なら、俺もそんなこと考えずに、自分の昇進や安定ばかりを考えて生きていたと思うんだ。でも、幸か不幸かうちは小さな材木屋だからね。思うようにいかないことが多い。そうすると、どうしてそうなるんだって考えるようになるよね。考えて考えて、それでも考えてって続けていくと、人も社会も自然も動物もすべては繋がっているんだってようやくわかったんだ。

そんなきっかけをくれたのは森本工務店さんをはじめとする大手さんだよ。仕事をドンドン持っていかれてしまうからね。こっちはそれに負けないようにするためには頭を使わなければいけない。そういうことに気づけたことに感謝しているんだよ。

俺も夢を持つことができたしね。くどいようだけど、こんな美人と出会うことができたしね」

美輝は笑った。

「あっ、初めて笑ったね。いやぁよかったよ。一度も笑ってくれなかったらどうしようかと思ってたから。やっぱり、笑顔が素敵だね。予想通りだよ」


二人はまた会う約束をして店を出た。

エアコンの効いた店の中に長い時間いたからか、外の熱気に心地よさを感じた。


周りの人は、美輝のことを自立した女性だと言うが、自分では将来をどうしていいかなんて本当はよくわからなかった。

思えば周囲の作り上げる自立した女性像に合わせるように自分の生き方を変えてきたのかもしれない。そして、いつの間にかその生き方に息苦しさを感じながらも、それが自分にできる一番いい方法だと決めつけて脇目も振らずに進んできた。

自分でも気づかないうちに、そんな生き方に疲れていたのかもしれないと美輝は思った。


「あのぅ……、自立ってなんでしょう？」

「自立？」

「そう、私、周りの人から自立した女って思われてるんだけど、本当は、自分でも自立ってよくわからないんです」

「俺は、覚悟だと思っているよ」

「覚悟？」

「そう、覚悟。世間の人は、働き始めて、自分の暮らしを自分の収入で支えられるようになったら自立したことになるって考えてるけど、そう思う？」

「働き始める前は私もそう思ってたけど、いざ、そうなってみると、これは自立じゃないと思うようになったわ」

「どうして？」

「どうしてだろう。やっぱり何となく不安定な気がしたんです。仕事はしていて、収入はあるけど、自分がいつまでこの会社で働けるかわからないし、会社そのものだっていつまで今の調子でいられるかわからないし。じゃあ、会社にいられなくなったり、会社がなくなってしまったらって考えると、とても……。今の自分のことですらそうなんだから、将来の自分のことなんてもっとどうなるかわからない。そんな状態で自分のことを自立しているなんて思えませんから」

「そう。働いて、稼いで暮らしていける状態を自立と思ったら大間違い。結局、『依存』のまんまの人がほとんどなんだ。頼る相手が親から会社に変わっただけ」

「そうかもしれませんね。ただ頼る相手が変わっただけなのかも……」

「子供の頃は親に依存して、大人になったら会社に依存して、年をとったら国に依存して……」

「国……ですか？」

「そうだよ。大の大人が『ちゃんと返ってくるんだろうなぁ』なんて言いながら、年金を払っている姿を見ると、とてもじゃないけど自立してるなんて思えないね。いいじゃない。年金なんて返ってこなくても、今の老人たちを支えるために必要なんだからみんなで払えば」

「………」

美輝は、自分の周りにいる人とはまったく違う価値観で生きている金山に、一種の爽快感を覚えた。

「俺たちが、老人だったらどう思うかを考えてみなよ。戦争を経験してさ、この国のために戦地にかり出されて、命からがら帰ってきて、戦後の焼け野原のこの国を立て直して、世界で一、二を競う経済大国にまでしてさ。子供たちのために豊かで、平和な社会をと思って頑張ってきて、ようやくそれが手に入ったように見えたわけじゃない。ところが、ようやく作り上げた平和な社会でその恩恵を受けて育ったこの国の若者たちが、自分の利益しか考えない大人になってさ。自分たちに返ってこないんだったら年金払いたくないんだけど……なんて言ったらホント悲しくなっちゃうでしょ。俺たちが、老人になったときに、そのときの若い子たちに同じこと言われたら、やっぱり淋しいでしょ。

第一、俺たちが年をとったときに、月々十万円を返してくれたとしても、そのとき、さっき食べたランチ一食が十万円になっているかもしれないんだよ。そのとき、誰に文句を言うんだい？

そのときになって、自分は不安定なものに依存して生きてきたって気づいたって遅いじゃない」

「確かにあなたの言う通りかもしれないけど、人間は一人じゃ生きていけないわ」

「その通りさ。でも、誰かにとってなくてはならない存在になることと、依存するのは大きな違いだと俺は思うよ。人間は一人では生きていけない。いろんな人と繋がって助け合いながらしか生きていけない。だからといって誰かに頼るというのは自立じゃないと思うんだ。

一人じゃ生きていけないからこそ、誰かにとってなくてはならない存在になろうとしなくちゃ。一生、自分は誰かにとってなくてはならない存在として生きるという覚悟をしたとき、自立したことになるんだと俺は思っているよ。もちろん誰かのおかげで生きているんだけど、自分も誰かにとってのその誰かになるっていうか……わかる？　俺の言ってること」

「わかります。だから、覚悟……なのね」

「そう」

「何かにすがったり、頼ったりする生き方をやめて、誰かにとってなくてはならない存在になることが自立……か」

「世間的には間違っているかもしれないけどね。それが今の俺の常識。そしてこれも一つの解釈に過ぎないということも俺はわかっているつもりだよ」


「それにしても、こんな小さな材木店に……」

「地球環境とか、年金問題まで考えて仕事をしている人がいるなんて……って思った？」

「私の会社は大きな会社だから、きっと本当はもっと大きなことが、社会に対しても、環境に対してもできるはずなのに……私の周りには自分のことばかり考えている人しか……いいえ、偉そうなことは言えないわ。私もそうですから。……金山さん、すごいですね」

澄み切った青空を見上げて金山は言った。

「全然すごくないよ。結局、俺も君と同じ。元々は自分のことしか考えていなかった。今のままでは俺の会社は生きていけなくなる。だからどうしようって考え始めたのがきっかけだからね。そうしたらね、自分のところだけが儲かる方法なんて考えても意味がない。もっと根本的なことを変える挑戦をしていかなければならないってことに気づいたんだよ」

「そんなことを考えるに到るっていうのがすごいことのように思えるわ」

「俺だけじゃない。小さな商店の経営者はみんな考えているさ。とりわけこれから小さな会社を建て直していかなければならない跡取り経営者はね」

「みんなですか？」

「ああ、きっと考えているよ。商店街からは人が消えて、巨大資本の大型店に人が流れる。昔ながらのお店にとっては大変な世の中だからね。魚屋さんは魚から、八百屋さんは野菜から、農家は作物から、今の世の中をよく見るようになるんだ。

そしてみんなどうにかしなきゃいけないと思うようになる。みんな地球のこと、命の循環のことを考えるようにならざるを得ないんだよ。小さい会社を経営している人はみんな最終的にはそういう視点を持たざるを得なくなるんだ。そして、結論はだいたい俺と同じになる」

「どうなるんですか？」

「世の中を、そして自分の関わっている業界全体を変えなければ、俺たちは生きていけないという結論さ」

確かに自分が同じ立場なら、そういう結論になるだろうと美輝にも思えた。ただ、だからといって行動する側に自分がなれるかどうかは正直、確信が持てなかった。

「世の中が変わるといいですね」

金山は声を出して笑った。

「変わろうが変わるまいが、どっちでもいいさ。ただ、俺は自分がどういう人になりたいかって考えたときに、世の中のせいにしたり、文句を言って何もしない奴になるよりも、自分の努力次第で世の中の人はわかってくれるって信じて行動をする側になるほうがかっこいいと思った。ただ、それだけだよ。

世の中は変わるものじゃなく、変えるものさ。ってちょっとカッコつけすぎかな。ハハハ」

美輝は金山のぶっきらぼうだが、前向きで力強い言葉に心を打たれていた。

なんだか自分がとても小さな人間のように感じた。

名刺を出したときに大手の名前が印刷されている自分の方が社会的勝者であるという価値観が自分の中のどこかにあったのだろう。目の前の小さな会社の跡取り専務の世界観の大きさに自分の仕事観をひっくり返されたような気がした。

金山は自分の言葉を自分に言い聞かせるように繰り返した。

「変わらなければ俺たちは生きていけない。だからやるんだ。でもこれからの時代、会社の大きい小さいは関係ない。みんな変わらなきゃ生きていけない。そうだろ？」

「そうかもしれないですね」

美輝は金山の言葉を頭の中で整理するように、歩いている自分の足下を見つめた。

「いいことをいい、ダメなことをダメだって言うのは本当に勇気がいることだ」

「えっ？」

「俺が中学時代に先生に教わったことで唯一覚えている言葉。大人になるほどこの言葉が身にしみるね。子供の頃はそんなの全然簡単だって思っていたけどね」

美輝は建築という同じ業界にいながらも、育った環境によってこうも考え方が違ってくるものなのかということに驚いていた。

社会に出て自分が探していたのは、一人の女性として自分が幸せになる方法。金山が探していたのは、自分だけでなく自分に関わるすべての人が幸せになる方法だったのだろう。

「人間は探しているものしか見つけることができない」

井之尾の言葉が思い出された。


二人が事務所に戻ってくると、一人の職人風の老人が来ていた。

「おっ。やっち、デート？　昼間っから」

「ああ、こちら大工の押野さん。何かいい仕事あったらよろしくね。押野さん、この人はね、森本工務店の那須さんって人だよ」

「なんだい、仕事かよ。若旦那にもいい人ができたのかと思ったのに」

美輝はこの場にいる自分になんだか不思議な縁を感じた。

この出会いが自分の人生に必要だったから、昨日の試験を受けることができなかったのかもしれない。ようやくそう思うことができた。

★

「そうか、それは淋しくなるのぉ」

それほど淋しくなさそうに井之尾が言った。

「私も、井之尾さんに会えなくなると思うと淋しいわ。何と言っても私のすべてを変えてくれたのは井之尾さんだもの。

私、手紙を書くね」

井之尾はそれについての返事はせずに、微笑みながらうなずいた。

「それにしても、井之尾さんは本当にすごいわ。予言者じゃないかって思っちゃう」

「ホホホ……どうしてじゃね」

「だってね、最初に井之尾さんが言ったことが、私、よくわかったの。

起きている出来事そのものに、幸せ、不幸せはないんだって。まったく同じことが起こってもそのときの自分の心の持ち方一つで幸せなことにもなるし、不幸せなことにもなるって。

井之尾さんがそう言ってたでしょ。

私、学校で居場所をなくして、辛い毎日を送っているとき、お父さんの仕事が変わって全然知らない街に引っ越すことができればどれだけ幸せだろう。もしそれが叶うのならほかにには何もいらないって思って、今年のお正月の初詣《はつもうで》なんて、神社でそのことだけをお願いしていたほどなのに……」

「状況が変わって、一番起こってほしくないことになったんじゃな」

「そうなの。すべてがまったく違う景色に見え始めたとたんに、引っ越すことが決まるなんて。本当に思い知らされたわ。起こることが同じでも幸せに感じたり、不幸に感じたりするのは自分の心の状態によるんだって。それをはじめから言い当てるなんて、井之尾さんは私に起こることを全部知ってたんじゃないかって思ったわ」

「予想はしていなかったが、事実じゃからの。たまたま、今のタイミングでお前さんが学んだに過ぎんよ」

「そうかしら。だってもう一つはっきり言っていたわ。起こることすべての原因は自分にある。いいことも悪いことも過去の自分のしたことが原因となって起こるって。そのことだって、まさに今私に起こっていることだもん。

ああ、本当にその通りだって、心から思ったわ。私がお父さんにそんな話をしなければ、転属の希望を出さなかったかもしれないもの」

「お前さんにとっては、思った通りの結果にならなかったようじゃが、表情は明るいのぉ」

「うん。だって、後悔しても仕方がないもん」

「そうかい、そうかい」

井之尾はいつもよりも目を細めて笑ってくれた。

「そりゃ、私も本当はこの街にいたいわ。でも、新しい街で新しい生活を始めても、きっと今まで以上にたくさん友達もできると思うし、もっともっと自分を大切にできると思うし。とにかく前向きにとらえることにしたの」

「お前さんは、本当に大きく成長したの」

「ありがとう、井之尾さん。私、井之尾さんからたくさんのことを学んだわ。本当に、ありがとう。私……絶対忘れない……。ごめんなさい」

「お前さんが、謝る必要はない。私にとっても人生の中で大切な出会いの一つじゃ。礼を言うよ」

美輝は激しく首を振った。

「私、井之尾さんからもらってばっかりで、私の人生を救ってくれた恩人なのに、何もしてあげられてない。私……私……」

「お前さんが、私から受け取って助かったことがあるのなら、今度はそれをお前さんが誰かのために役立てればそれでよい。私ではなく、同じことを他の誰かにしてあげなさい。きっと、お前さんと同じことで苦しんでいる人が世の中には大勢おる」

「そうね、本当にたくさんいると思うわ。そうだわ。私、その人たちのために本を書く！」

美輝はとっさにそうひらめいた。と、同時にそれを口にしていた。

「だって、私が経験したことを本に書いたら、それを読んだ人たちが救われるかもしれないもの。もちろんみんな同じようにってわけにはいかないでしょうけど、それでも誰かの役には立つはずよ」

井之尾はうなずいた。

「そうじゃな。そうするといい。きっとたくさんの人の役に立てるじゃろう。今後はお前さんの本が出るのを楽しみに生きることにしよう」

「うん」

美輝はもう言葉を発することができなくなってしまった。

井之尾は、その様子を優しく見守るだけだった。


引っ越しの朝、留実が見送りに来てくれた。

「石橋を誘ったんだけど、忙しいからって言うのよ。こんな朝早くに忙しいわけないのにね」

意味深な笑みを浮かべながら、そんなことを言った。

美輝が「ふうん……」と素っ気ない返事をしたので、留実はぐっと近寄って耳元でたたみかけてきた。

「美輝ちゃんは気づいてないかもしれないけど、石橋は美輝ちゃんのことが好きだね。恥ずかしいから今日は来てないんだと思うよ。手紙の一つでも出してあげなよ。きっと喜ぶから」

美輝は逃げるように、二、三歩後ずさってポケットから手紙を出した。

「……石橋くんに渡してくれる？……」

留実は「わかってるよ」と言いたげに大きく何度もうなずいている。勘違いもいいところだが何も言う気になれなかった。

「そろそろ行くわよ」

佳代子が促した。

「留実ちゃん。ありがとう。本当にありがとう。私、留実ちゃんと仲良くなる前は、この街が嫌いになって、学校も嫌いになって……」

「わかってるって。わかってるからもういいよ。行きな」

「……うん……」

「また会おうね」

「うん……必ず会おうね」

美輝は、振り返ることなく車に乗った。

動き出した車から振り返ると、リアウィンドウ越しに見える留実は片手をポケットに入れたまま笑って手を振っていた。出会った頃の留実のクールな印象と重なってなんだか嬉しかった。

美輝も涙をぬぐって笑顔で手を振ることができた。

窓の外に流れる景色は、すべてが見慣れたものばかりだった。でも、それを見るのもこれが最後かと思うと、一つ一つのものがいとおしく思えた。

「ありがとう。この街が嫌いなんて言ってゴメンね。許してね。今は本当に心から愛してるわ」

心の中でそう呟いた。

美輝は横ばかり見るのをやめた。

「前を向こう。新しい世界が始まっても、私、絶対大丈夫。自分らしく生きていくんだ」

★

翌日は朝から、会議、営業、帰ってまた会議とあっちへ行ったり、こっちへ行ったりで忙しい一日だった。

美輝は金山の言葉が引っかかっていた。

「いいことをいい、ダメなことをダメだって言うのは本当に勇気がいることだ」

昔、自分の人生を変えてくれた井之尾の顔が浮かんだ。

「起こることすべては、いいことも、悪いことも、過去の自分のしたことが原因なんだよ。そして、その出来事が幸、不幸を決めているわけではない。同じことが起こっても幸せだと感じることもあれば、不幸だと感じることもある。大切なのは受け取る側がその出来事をどうとらえているかでしかない」

井之尾がもう一度目の前に現れて、そう言っているような気がした。

奇妙な縁で出会った金山という青年は、あの日井之尾が教えてくれたこととまったく同じことを美輝に言った。

「自分に起こることの原因はすべて自分にある」

そのことが驚きだった。


「那須くん。わかったのかね」

「はい？」

藤本部長は鼻で笑いながら、さらに大声をあげた。

「はい？　じゃないよ。江川くんに君がついていって山中邸の契約を何とかとってきてほしいと言っているだろ。あそこは、四條建設と安井ハウスの見積りもとっているらしいから、それよりも安くできるということを押してこいよ。今日中に契約をとってくれば今月のノルマ達成だ。今日決めてこいよ！」

美輝は助手席で窓の外を眺めていた。

真美はハンドルを握りながらチラチラと美輝の方を見ていた。

真美は自分のせいで美輝が体調を崩したんじゃないかとちょっと心配していたが、翌日に資格試験を控えているということは美輝が誰にも教えていなかったので、それほど悪びれるそぶりもなく、「もう大丈夫なんですか？」という質問のあとは、自分の話に終始した。

真美が饒舌《じょうぜつ》になるのも仕方がない。

藤本から、一人でもきっと大丈夫だろうとお墨付きをもらった初めての仕事だ。ここで契約をとることができれば、藤本から認めてもらえるだけでなく、自分も一人前の仲間入りができるような気がしていた。

「どうしようもないときは、美輝さん助けてくださいね」

「…………」

返事もなく窓の外を見つめる美輝の目には杉の木に覆い尽くされた濃い単色の緑色の山だけが映っていた。

「坪単価をそれ以上安くしてもらえないんですか？」

「これでも、十分お安くなってますよ。他社さんよりこれくらい安いところまでなら、私の裁量でやらせていただきますので」

真美はそう言いながら電卓を叩いて見せた。山中夫妻の顔色が変わるのがわかった。

「じゃあこの値段で、さっき言ってた、対面キッチンにしてリビングは吹き抜けにして中二階から子供が覗けるような構造にしてもらえるんですか？」

「ギリギリですが、何とかしてみます」

山中夫妻はなんだか小声で相談している。奥さんの方が旦那さんを促した。

「あれも、言ってみれば？　ほら……」

「ああ、あれね。あの……それから、ベランダにウッドデッキをつけたいんですけど、それもお願いできるんでしたら、森本工務店さんでお願いしようかな」

「それは、社に戻って上司と相談してみないと何とも言えませんが……たぶん大丈夫……」

真美はちらっと横目で美輝の方を見た。

美輝は、会話を記録していたノートをバタンと音をたてながら閉じた。

「ちょっといいですか！」

山中夫妻は驚いて美輝の方を見た。

「お二人が建てたいのは、できるだけ安いお家《うち》ですか。それともできるだけ長持ちするお家ですか？」

「安くて長持ちするのが一番だよ」

「これ以上安くしても、いいお家はできませんよ」

美輝の強い口調に、山中夫婦は明らかに不快感を示した。真美は開いた口がふさがらなかった。

「おたくらがこれくらいの値段なら十分にいい家が建てられるって言ったんじゃないか」

「私どもが最初に提示した値段からだいぶ値が下がっています。他社さんの見積りをどうこう言うつもりはありませんが、当社が山中さんのおっしゃる値段で家を造った場合、見えないところに使われる材木の質を落とすなどしなければなりません」

「見えない場所ならいいんじゃないの」

「相当な値段がする高い買い物だからこそ、少しのお金を惜しんで値切って買っても長い目で見ると損をするだけですよ。大きな買い物だからこそ、ちゃんとお金をかけなければならないところにはお金をかけてください！」

真美は顔を真っ赤にしてうつむいてしまっている。

顔が真っ赤なのは真美だけではなかった。そこにいる山中夫妻も、そして美輝自身も顔が真っ赤になっていた。

結局契約は白紙になった。とれたはずの契約を逃し、その旨を会社に報告した。その日は直帰の予定が、一度会社に来いと藤本がすごい剣幕だった。真美は車の中で無言だった。時折美輝のことをにらみつけているのを美輝は感じていた。真美の気持ちもわかる。自分も同じ立場なら怒りを抑えることはできないだろう。真美には申し訳ないことをしたと思う。

でも、あの場で自分の感情を抑えることはできなかった。

「真美ちゃんゴメンね。藤本部長には全部私の責任ですと報告するから」

「当たり前ですよ！　どうして私、邪魔されなきゃならないんですか」

真美は怒りに震えて涙声になっていた。

会社に戻った美輝は、藤本に状況を説明した。

真美の言葉で契約がとれそうになっていたのを、自分の一言で壊してしまったということをいつもより多弁をふるって説明した。

藤本は烈火のごとく怒り続けた。

「お前にはすべて仕込んできたし、一目置いていたのにどういうことだ！」

美輝は、その様子を見る他の社員たちのまなざしを背中で感じていた。

(私、自分は成功できるって信じて生きてきた。自分は幸せになるって信じて生きてきた。でも、私が考えていた幸せの人生って違ってた。いつの間にか、いいことはいい、ダメなことはダメって言えなくなってた。今、私を見ているこの子たちと同じ。人が失敗をして怒られるのを見ては、そこから学習して自分は上手くやるようにということばかりを考えてた。この会社で仕事ができるようになって、認められて、一人前になって、自立して、いろんな人から尊敬されてそれを幸せな人生だと思ってた……。全部自分のことしか考えてなかった。自分が幸せになることだけしか……。それで人から一目置かれる存在になって、調子に乗って……)

美輝は涙が出てきた。

それを見る人には、藤本に怒られて泣いているように見えただろう。

美輝はそれまで会社で泣いたことなんてなかった。泣いたら負けだと思っていた。

「これだから女は……」

そう思われるのを極端に恐れていた。

美輝は今の自分の涙が今までの自分の価値観の崩壊であると感じていた。

誰もが、あいつは負けたと思っただろう。

美輝は負けたのではなかった。それがわかっているのは美輝本人だけだった。

(私、生まれ変わりたい。いいことはいい、ダメなことはダメだって言って生きていきたい。誰かのために頑張る生き方がしたい。あの人みたいに……)

頰を伝う涙は止まらなかったが、美輝の目は今まで以上に澄んでいた。

★

昼過ぎまでは晴れていた空も、午後からは生暖かい強い風が南から吹いてきていた。雲行きが怪しい。

「何か変な天気ですね」

金山は、麦茶を振る舞いながら押野にそう話しかけた。

その瞬間、稲光りが光り、数秒後に地面を揺らすような雷鳴が聞こえてきた。

「おお、来た来た」

押野は背中を丸め、なんだか嬉しそうにそう言った。

同時に屋根や路面をたたきつける大粒の雨音が鳴り始めた。

「ホントだ。俺ちょっとトラックの荷台にシートかけてきますよ」

あわてて事務所の外に飛び出した金山は、二トントラックの荷台にヒョイと飛び乗り、バサッとシートを広げてまた飛び降りた。手際よく、荷台に引っかけているときに、通りの向こう側に人の気配を感じて振り返った。

雨を避けるようにして軒下に立っているのは美輝だった。

「那須さん？」

「いや……グス……あの……近くまで来たから……」

鼻をすするように返事をした美輝を見て、泣いているのかもしれないと金山はすぐに気づいた。

「ちょ、ちょっと待ってて」

金山はそう言い残すと、事務所の中に駆け込んだ。傘を持って再び表に飛び出し、通りを渡って美輝のところまで走っていった。

「どうしたの……何やってんのこんなところで。何かあったの？」

「…………」

美輝は無言で首を横に振るのが精一杯だった。止めようと思えば思うほど涙が流れてくる。

「とりあえずこっちにおいでよ。中に入ろう」

「…………」

美輝は動くこともできず、その場で涙を止めようと必死になっていた。

「ごめんなさいね。帰ります」

立ち去ろうとして振り返った美輝の手を金山はつかんだ。

「雨がひどいよ！」

「大丈夫。駅まですぐだから」

金山は何か言いたそうに、美輝の表情を見つめていた。

「お節介かもしれないけど、雨がどうこうじゃなく、このまま帰ったら大丈夫じゃなさそうだよ」

「…………」

美輝は答えなかった。その場に立ちつくすしかなかった。

一呼吸したあとで、振り返りもせずに美輝は言った。

「私……、私も自分にウソをつかないで生きていきたいな……」

金山は手を握ったまま聞き返した。

「……どういうこと……」

「誰かのために頑張る生き方、私にもできるかなぁ……金山さんみたいに……」

そう言うと、また涙が美輝の頬を伝った。

金山は、それに対してどう答えていいかわからなかった。つかんだ手を離すタイミングも逃し、ただ、美輝の手を握りしめたまま、その場に立ちつくしていた。

しばらくそうしていたが、やがて金山が優しく声をかけた。

「中に入ろう……」

「うん……」

美輝はうなずいたが、どういうわけかその場から動こうとしなかった。

一本の傘の下で手をつないだままの二人の影を事務所の中から微笑みながら押野が見ていた。

★

石橋くんへ

石橋くんも、もう知ってると思うけど、あの日会ってお話ししたかったのは、私が引っ越しすることになったってことなんだ。

石橋くんは知らないと思うけど、私、クラスの中で話す人がいなくて、無視されてて、本当につらい思いをしてたのね。

そんなときに、井之尾さんていうおじいちゃんと出会って、いろんなことを教えてもらって少しずつだけど強くなっていって、留実ちゃんと友達になることができたの。

そしたら、思ってもみなかったことだけど、石橋くんとも仲良くなれて……

本当に嬉しかったよ。

私、こんな街から早くいなくなりたいって、いつも思っていたけど、石橋くんと仲良くなってまったく反対のことを思うようになっていったよ。

この街が、すごく楽しいことがたくさん待っている素敵な街のように見えてきたんだ。

お父さんが、転勤になるって言ったのはそんな気持ちになった矢先の出来事でした。

わたし、どうしていいかわからなくなって……

でも、石橋くんにはちゃんと伝えなきゃと思って、勇気を出して電話したんだ。

だって、私、石橋くんのこと好き……だって自分で気づいちゃったから……


ところが、顔を見たときに後悔したの。

だって、石橋くんと付き合っているわけでもないし、ただの友達なのに、「引っ越すことになった」ってかしこまって伝えても、「どうして、俺にそんなことわざわざ伝えるの？」って言われたらどうしようって急に自分がやっていることに自信をなくしちゃったの。


結果として、石橋くんに恥ずかしい想いをさせてしまってゴメンね。

私、できることなら自分が傷つかないようにしたかっただけだって気づいたよ。

でも、それはとてもずるいことだったような気がしています。

だって、代わりに石橋くんは自分が傷ついてもいいからっていう勇気を振り絞らなきゃいけなくなったんだもんね。


ありがとう。石橋くん。

私とても嬉しかったよ。

私も石橋くんのこと好きです。

でも、さよならだね。

石橋くんは、知らないかもしれないけど、石橋くんはすごくもてるんだよ。好きだっていう女の子がたくさんいるのを私、知ってるもん。

なんだか、何を書いてるのかわからなくなってきちゃった。


私、これからも石橋くんのことを好きだと思う。

でも、新しい生活を始めたら、もっともっと自分の方から積極的に、友達を作っていくって決めたの。

そして、これからどんな出会いが待っているかわからないけど、いつか大人になって、また、好きな人ができたら……

今度は、自分からちゃんと言わなきゃね。

そう心に決めたよ。

もしかしたら、石橋くんともまた出会えるかな？

そうだと嬉しいな。ね、石橋くん！


ありがとう、石橋くん。

これからも素敵な石橋くんでいてください。

美輝

★

美輝は、金山材木店の引き戸を開けた。

「おはようございます」

金山は、忙しそうに事務所の整理をしていた。

「おはよう。早いね。もうちょっと待ってくれる……片づけるからさ……」

金山は少しバツが悪そうに手を動かし続けた。

「いいですよ。私がしますから」

美輝は、鞄を机の上に置くと腕まくりをして、目の前に置かれた雑巾《ぞうきん》に手を伸ばした。

金山が飛んできて、さっと先に雑巾をかすめ取った。

「いいよ、いいよ。そこに座っててよ」

「これから、一緒に仕事をすることになるのに、そんなことで遠慮する必要ないですよ」

「そうなんだけど……本当にいいの？」

「何がですか？」

「その、敬語やめてくれるかなぁ。いつもの感じで頼むよ」

「わかったわ。で何が？」

「本を書くことに決めたって言ってなかった？」

「書いてるわよ」

「それに専念しなくて平気なの？」

「仕事以外の時間で書くわ」

「それに、建築士の勉強だって続けるんだろ？」

「続けるわ。私が資格を取って社長のお役に立てれば嬉しいもの」

「それでも……うちの会社でいいの？」

「小さな会社だけど、自分たちの活躍で世の中をよくするって豪語した社長の言葉とは思えないほど、弱気な発言ね」

美輝はちょっと挑戦的に言った。

「わかったよ。わかった。もうその件について蒸し返すのはよそう。でも、その『社長』って呼び方もやめてくれないかなぁ。まだなったばかりだし、何かちょっとかゆくなるというか……」

「そう？　じゃあ、なんて呼べばいい？」

「いつもの呼び方でいいよ」

「ヤータン？」

金山は耳を真っ赤にしながら、あわてて手を振った。

「そうじゃなくて、ほら、いつも人前で呼ぶ呼び方があるでしょうに」

「冗談よ。康成さんって呼ぶことにするわ」


一つの小さな幸せな船が船出するような、そんな想いを美輝は抱いていた。

これからどんな毎日が待っているのだろうと思うとワクワクする。

美輝は自分に起こっているすべての出来事を心から祝福していた。

晴れ渡る青空を見上げながら思わず言葉が出た。


「今日も、素敵な一日になりそうね。ねえ、康成さん、今日のような日を何て言うか知ってる？」

「ん？」

「心晴日和って言うのよ」

あとがき

学校は特殊な環境です。

同じ年齢の人しかいない集団の中で十二年もの間、共同生活をすると、当然ですが、人間関係の衝突や、ぶつかり合いが生まれます。

この作品の前半では、多くの人がきっと一度は感じたことがある「疎外感」に悩む主人公の様子を描きました。

これは特別なことじゃない、むしろすべての人が人生のどこかで経験すること。だから、人の数だけこれまでに解決方法があったということになるでしょう。でもその渦中にいる人は「どうして自分だけ……」という思いに縛られて動けなくなります。

すべてのケースがこのストーリーのように解決するわけではないでしょう。

でも、自分から一歩踏み出す勇気を持って、自分の世界を広げようとする人には、必ず解決の糸口が与えられるのは間違いありません。

大切なのはやはり、勇気を持って自分から行動することです。

そして、もう一つ大切なこと、それは、今、抱えている悩みも十年後にはその人の人生をつくる上での大切な経験になっているということ。
二十八歳の美輝は、中学生の頃と同じことで悩んでいたりしません。
人の人生は、いろんな悩みや問題と直面しながら、それを解決することによって、
または、解決できなくても経験することによって成長し、その経験をする前よりも、
もっと素敵な人として生きることができるようになります。
人は、勇気を持って決断した数だけ、強くなり、その分だけ大きく成長できるのです。

大人になった美輝の頭を占めているのは「自立」とは何か。とりわけ、自立した女性の生き方とは何かでした。

今の時代、将来が「空白」、つまり「どうなるかわからない」と感じる人が増えているようです。

その「空白」を何で埋めるかでその人の人生は変わります。

ある人は、「不安」で埋め、別の人は「希望」で埋めます。

「不安」で埋めた人は「安定」を求めて行動するようになります。
今まで以上に安定志向が強くなるわけです。
一方で「希望」で埋めた人は、自分の可能性を信じて「挑戦」しようとします。
結果として、両者とも同じ結果に終わります。

それは、「失敗」。
つまり、どちらにしても思った通りの人生にはならないというわけです。

そして、どちらの生き方を選択したかによって人生が大きく変わっていきます。

このとき「安定」を求めて行動をしていた人たちの多くは、自分以外のものに責任を転嫁しようとします。自分は頑張って勉強してこの会社に入ったのに、
会社が悪い、上司が悪い、社会が悪い、時代が悪い、国が悪い……
そう叫ぶ人を見て、周囲は、その人の生き方が「自立」ではなく「依存」だったということに気づきます。

一方で「挑戦」を選んだ人は、失敗したときに、自分の中にしか責任を求めること

ができません。他の誰のせいでもない、自分のやり方さえよければ上手くやることができたと考えます。そこに成長するチャンスが生まれます。

つまり、「自立」とは、どんなことが起こっても、自分の責任としてとらえ、前に進む生き方をすると決めた人が手にすることができるものなのだと僕は思っています。

この本が、凝り固まった常識の外に出る勇気を生み、これから先の人生の空白を、たくさんの希望で埋め、挑戦する生き方を始めるきっかけになれば、つまり、あなたの自立の一助になれば、光栄です。

最後まで読んでいただいてありがとうございました。

本作品は、一部、日本熊森協会の森山まりこさん、横浜市南区にある金子材木店の金子恭也さんのお話を参考にさせていただきました。この場を借りてお礼申し上げます。

ありがとうございました。

また、いつも深い愛情で僕を支えてくれる、妻と二人の娘、聡明舎のメンバーの協力、そして読書普及協会のみな様、全国の読者のみな様からの励ましの声、そして幻冬舎の壺井さんとのご縁のおかげでこうやって、また作品を世に出すことができました。

すべてのみな様に心よりお礼申し上げます。

ありがとうございました。

二〇一〇年　著者記す

本書は書き下ろしです。原稿用紙２９０枚（４００字詰め）。

〈著者紹介〉
喜多川 泰　愛媛県出身。東京学芸大学卒業。1998年横浜市に学習塾「聡明舎」を創立。既存の塾という概念から離れて、勉強という道具を使って人間的成長を追求する場を提供している。自己啓発小説を中心に作家としても活動。独自の世界観は幅広い世代に支持されている。著書に『君と会えたから…』『手紙屋〜僕の就職活動を変えた十通の手紙〜』『「手紙屋」蛍雪篇』『上京物語』『賢者の書』（以上、ディスカヴァー・トゥエンティワン）、『「福」に憑かれた男』（総合法令出版）等がある。

心晴日和
2010年2月25日　第1刷発行
2024年4月20日　第10刷発行

著　者　喜多川 泰
発行者　見城 徹

GENTOSHA

発行所　株式会社 幻冬舎
〒151-0051 東京都渋谷区千駄ヶ谷4-9-7

電話：03(5411)6211(編集)
03(5411)6222(営業)
公式HP：https://www.gentosha.co.jp/
印刷・製本所：株式会社 光邦

検印廃止

ISBN978-4-344-01791-7 C0093

この本に関するご意見・ご感想は、
下記アンケートフォームからお寄せください。
https://www.gentosha.co.jp/e/